诗
想
者

H I P O E M

生 活 , 还 有 诗

新译外国诗歌 2020—2022
Xinyi Waiguo Shige 2020—2022

特约策划/ 刘　春
责任编辑/ 覃伟清
责任技编/ 王增元
装帧设计/ GT·璟

图书在版编目（CIP）数据

新译外国诗歌 ：2020—2022 /《诗刊》社编. —— 桂林 ：广西师范大学出版社，2024.1
ISBN 978-7-5598-6454-3

Ⅰ. ①新… Ⅱ. ①诗… Ⅲ. ①诗集－国外－2020—2022 Ⅳ. ①I12

中国国家版本馆 CIP 数据核字（2023）第 196129 号

广西师范大学出版社出版发行
（广西桂林市五里店路 9 号　邮政编码：541004）
网址：http://www.bbtpress.com
出版人：黄轩庄
全国新华书店经销
广西广大印务有限责任公司印刷
（桂林市临桂区秧塘工业园西城大道北侧广西师范大学出版社集团有限公司创意产业园内　邮政编码：541199）
开本：880 mm × 1 230 mm　1/32
印张：15　　字数：290 千
2024 年 1 月第 1 版　　2024 年 1 月第 1 次印刷
定价：88.00 元

如发现印装质量问题，影响阅读，请与出版社发行部门联系调换。

新译
外国诗歌
2020—2022

《诗刊》社 编

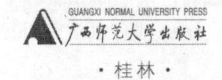

广西师范大学出版社
·桂林·

新译外国诗歌 2020—2022
Xinyi Waiguo Shige 2020—2022

特约策划／刘　春
责任编辑／覃伟清
责任技编／王增元
装帧设计／GT·璟

图书在版编目（CIP）数据

新译外国诗歌：2020—2022 /《诗刊》社编. --
桂林：广西师范大学出版社，2024.1
　　ISBN 978-7-5598-6454-3

　　Ⅰ．①新… Ⅱ．①诗… Ⅲ．①诗集－国外－2020—
2022 Ⅳ．①I12

中国国家版本馆 CIP 数据核字（2023）第 196129 号

广西师范大学出版社出版发行
(广西桂林市五里店路 9 号　邮政编码：541004)
　网址：http://www.bbtpress.com
出版人：黄轩庄
全国新华书店经销
广西广大印务有限责任公司印刷
(桂林市临桂区秧塘工业园西城大道北侧广西师范大学出版社
集团有限公司创意产业园内　邮政编码：541199)
开本：880 mm×1 230 mm　1/32
印张：15　字数：290 千
2024 年 1 月第 1 版　　2024 年 1 月第 1 次印刷
定价：88.00 元

如发现印装质量问题，影响阅读，请与出版社发行部门联系调换。

新译
外国诗歌
2020—2022

《诗刊》社

序

东方，西方，边界总游移不定[1]

赵四

《新译外国诗歌2020—2022》是《诗刊》的"国际诗坛"栏目这几年间陆续成书的第三本。这个翻译书系的规制体例读者朋友们都已经颇为熟悉，这里不再赘言。在这篇《序》中，我们择要介绍一些本书中收录的重要诗人，以期经此管窥透镜折射出当下国际诗坛一些更为立体的光芒。

本书开篇的乌拉圭老诗人伊达·维塔莱，出生于1923年，今年已是实足100周岁，老诗人依旧健康活跃，不时出入重要文学活动、书展，活力令人称奇。也让人感叹，南美那块神奇的土地莫非尤为钟情造就高龄传奇诗人？据说，103岁辞世的智利诗人尼卡诺尔·帕拉99岁时，还开着自己的老爷车上街与民众一道游行。看来在那方土地上，无论经历过什么样的坎坷、磨难，曾经的各国军政府如何进行过无道独裁统治，激情和自由始终是连高寿之人也不能停止挥舞的隐形的翅膀。

---

1. 引自爱沙尼亚诗人扬·卡普林斯基的诗句。

2018年维塔莱以95岁高龄获得西班牙语世界最高文学奖——塞万提斯奖，评委会将她迎进西语文学万神殿的评语是："她的语言，属于西班牙语现代诗歌最突出、最为人熟知的典范语言，既充满智慧又具有流行性，既包罗万象又有个人特征，既通俗易懂又富有深意。长久以来，她就已成为西班牙语各个地方、所有年代的诗人的参考榜样"。身为乌拉圭"45一代"[1]文艺运动的最后一位在世成员，自1949年出版诗集《记忆之光》迄今，维塔莱一路行来，可谓是拉美现代诗歌历程最重要的最后在世见证者。看一下2019年年初诗人新著《莎士比亚宫：我在墨西哥的生活点滴》里诗人交游往来的文艺、知识圈名单，就知道此之何谓了。[2]

作为"本质主义诗歌"的代表人物，维塔莱擅长以短诗的形式，以追寻语词的意义和具元文学特征的简洁清澈的诗语，在对语言及对世界质疑的双重透镜下，至为精准地在强烈的感性认识和概念结晶之间碰撞出穿透经验、想象的，含义隽永饶富深意的诗篇。这样一种诗歌品质非一直处身于拉美先锋诗歌传统中的诗人不可为，可谓无杂质、似音乐、拥

---

1. 通常指包括胡安·卡洛斯·奥内蒂（1909—1994）、马里奥·贝内德蒂（1920—2009）、卡洛斯·玛吉（1922—2015）和伊黛娅·比拉里尼奥（1920—2009）以及维塔莱在内的几位乌拉圭作家、诗人。

2. 诗人在这本书里回忆了自己十年流亡墨西哥城期间，在莎士比亚大街一带交往的知识分子、文学艺术界人士，如奥克塔维奥·帕斯、托马斯·塞戈维亚、埃莱娜·加罗、乌拉卢梅和特奥多罗·冈萨雷斯·德莱昂、胡安·何塞·阿雷奥拉、何塞·德拉科利纳、埃弗拉因·韦尔塔、埃马努埃尔·卡瓦略等。

有美之魔法。一个《奥兰多》里的世界。[1]

诗人作品众多,《对不可能的追求》《同类的词典》《坚持不懈的梦想》《每个人在他／她的夜晚》等诗集均常为人称道。

本书收录的第二位诗人,亦是拉美诗人,堪称当今拉美世界最著名诗人之一的埃尔内斯托·卡德纳尔(1925—2020)。看一看诗人的履历,我们便会怀疑,谁说诗人的"生活在别处"?那是别处的诗人们,不是拉美大地上的。这位拉美解放神学的旗手更是一手干革命、一手写诗章的历史场景的缔造者。

出生在一个两位表兄都是诗人的上流社会文学家族[2]中,卡德纳尔自小便相信"一切都是诗,一切都可以成为诗"。但是,他不待在空中楼阁里,而是亲自上阵秘密集会、散发传单、组装机枪,这是他在为1954年意图推翻索摩查独裁统治的"四月起义"做准备。惜起义失败,在屠杀的血雨腥风中,诗人逃出魔掌,辗转隐匿,悲愤中酝酿着自由体长诗《午夜零时》,情感激越地讲述着民族英雄桑迪诺被叛徒出卖遭到暗杀的经过,成就不朽名篇。此后,经历了

---

1. 当诗人被问道:"如果可以选择,您愿意活在哪本书里?"维塔莱的答案是:"《一千零一夜》应该不错。我肯定不会选《神曲》的,即使我对它烂熟于心。应该是《奥兰多》吧!有魔法,有旅行,有风景。"
2. 卡德纳尔的两位表兄何塞·科罗纳尔·乌尔特乔(1906—1994)和巴勃罗·安东尼奥·夸德拉(1912—2002)也都是尼加拉瓜诗歌历史上十分重要的诗人。

信仰危机的诗人进入修道院学习神学，成为神父。受其教育的教区会众、公社居民不少也成了战士、游击队员。后被迫流亡各地的神父公开其桑迪诺民族解放阵线成员的身份，继续从事革命活动，寻求各国援助。桑解阵线革命成功成为执政党后，卡德纳尔被任命为新政府的文化部长。

出生入死中作诗，并且一生高产，有35本诗集之多，在诗学上又深受自由得非常彻底的美国当代诗歌影响，诗人呈现给我们的是与历史相结合的激情诗章，而非与美临渊共舞的诗之纯粹。

"现代主义"一词现今含义宽泛，但作为文学运动，它其实最早出现于拉丁美洲，是拉美文学中的专用概念，这一运动反向影响了西班牙诗歌，第一次对欧洲文坛产生了反作用力。卡德纳尔的前辈同胞、尼加拉瓜历史上的第一诗人（卡德纳尔堪称第二）鲁文·达里奥（1867—1916）便是这一运动中的最大硕果，他1888年出版了诗文集《蓝》，标志着这一运动的形成。只是卡德纳尔的诗歌并不活在前辈"蓝色的世界"之虚幻艺术理想中，而是燃烧在血与火的残酷现实里。但他们无疑共享同一个灵魂背景——"具有印第安血统的天真无邪的美洲"（鲁文·达里奥语）。因而，我们不难理解，当2009年，由阿根廷诗人胡安·赫尔曼等五人组成的评委会一致通过授予卡德纳尔巴勃罗·聂鲁达泛美诗歌奖时，高度认同的便是这位战士－神父－诗人"更新了西方的经典传统，使该传统与当代的现实相结合"，诗人"对本大陆原住民持久关注并有政治担当"。

本书收录的第四位诗人（按生年排序），也是位西班牙语诗人，但从拉美世界回到了西班牙本土。安东尼奥·加莫内达，诗人生平最传奇的一年是2006年，那一年他荣获了包括塞万提斯奖和索菲亚王后诗歌奖在内的三项文学大奖。他也因2020年获颁欧洲诗歌暨文艺荷马奖章，作品被收录于汉语"荷马奖章桂冠诗人译丛"出版，而在90岁高龄时拥有了自己的第一本汉译诗选《加莫内达诗选》。有兴趣继续阅读加莫内达的读者可以在那本他的一生诗选中较为全面地感受他那凝聚融合记忆、历史、自我分析创造出的认知与感动并存的神秘诗歌空间。

作为一个彻头彻尾自学成才的诗人，加莫内达拿出的卓越诗歌作品以及审视文学的视角常常令人震惊，引人深思。在他的塞万提斯奖长篇获奖感言中，他提出是"贫穷的文化"创造出了塞万提斯在西班牙语的现代叙事创作宗本中安置的具现代性的"诗"，这种诗被伪装为堂吉诃德的"疯狂"，处理"未知"或曰"无意识地知"：某种作者本人对之亦不了知，需经写作揭示、发生的思想之共同规范；正是一生"被天堂所拒绝"深陷苦境的塞万提斯自身艰困生活的发散创造出的自我荒唐化使其作品达至了这一诗的深度。所有诗歌，包括那些出自苦难、残忍、不公的诗歌皆会将自己的生命建立于创造快乐形式之上。加莫内达的这一诗歌创作机制信仰也是他对自己诗歌创作奥秘的自道。

本书的欧洲诗歌部分最值得一提的是收录了一位真正的小语种大诗人，爱沙尼亚诗人扬·卡普林斯基（1941—

2021）。走在国际诗坛上，你若和视野相对开阔的各国诗人聊起他，大家几乎会异口同声——哦，这是我们时代最好的诗人之一。本书收录的荷兰电影诗人扬·贝克，也指认自身的诗歌美学根源之一便是卡普林斯基。但在汉语诗坛，即便这些年我们也在努力地甚至特别有兴趣地关注小语种大诗人，但他尚未受到和他同辈的东欧诗人萨拉蒙、扎加耶夫斯基那样的特别关注。

爱沙尼亚语言和文化属于乌戈尔－阿尔泰语系文化传统，语言接近芬兰语。两国的首都塔林和赫尔辛基隔着85公里芬兰湾南北相望（东西则遥望圣彼得堡和斯德哥尔摩，可以想见它们曾经历的在两大帝国间的拉锯中被占的历史），两国的国歌甚至是同一旋律（歌词不同）。只有133万人口（2022年1月数据）的爱沙尼亚竟然能够产生像扬·卡普林斯基这样世界主义的诗人，简直是在为"小国优势说"直接递证词——该说法认为身为小国公民，要么就是成为一个浅见陋识之辈，要么就是成为一个博闻广识之人，没有中间道路，有志者就意味着只会走在那向上的唯一道路上。

卡普林斯基不仅是一位诗人，而且是一位哲学家。或者我们该问，不是思想家的诗人有可能成为一位大诗人吗？坚持爱沙尼亚国家主义的、关注全球性问题的、支持左翼／自由思想的诗人甚至还是塔林植物园的生态专家。作为翻译家，让中国人民尤感亲近的是，他翻译过《道德经》，他的思想也更受佛教的影响。作为法语语文学者从大学毕业的诗人，有的诗作还是用英语、芬兰语写的，后来也有用俄语写的，仅从写作语言一项，便可一窥诗人的广博。诗人卡普林斯基无疑是一位大知识分子。

同为佛教信徒的美国诗人加里·斯奈德这样向英语世界推荐同好："他在这些我们时代的诗篇中重新思考欧洲，覆议历史。优雅、沉思、不屈不挠、心灵化、新鲜。温和的政治和爱的诗篇有时会令你惊恐。"读到下面这段诗时，我由衷地产生了惊恐之感，由之确认——这是当之无愧的我们时代的大诗人。

> 一切都里朝外，一切都很不同——
> 无色、无名、无音——
> 头顶的天是斧头的锋刃。没人知道
> 镜子般映出星星与银河的，是一把斧头。
> 只有有爱的人才能看到，并保持沉默，
> 而天空里镜子桨叶松脱，落向我们，
> 穿过我们的身体，一种黑星空的黑暗
> 落进一种更黑的黑暗，什么都阻挡不了。
> 无论我们怎么回头，黑暗一直坠落，
> 击中我们，使得我们身首分离。
> 深渊的声音如云朵升起，穿透我们。

本书的欧洲诗歌部分还收录有两位丹麦诗人，从而形成了一个小小的环波罗的海侧重。虽然作为国家，目前丹麦在全球幸福指数中排名第二，但年轻时的亨里克·诺德布兰德却似乎感受不到，向日葵属性的驱光动物永远热爱的是南欧的骄阳、蓝天、橄榄树，诺德布兰德将一生中最好年华的30年交给了阳光灿烂的地中海，流连在土耳其、希腊、西班牙的海滨、岛屿、酒馆、旅店、丝柏树下。

而一个移居者从来不能完全心安理得地在别种文化中高枕无忧，无论他多么热爱这灵魂的新属地。这种神秘的不安在《果仁蜜饼》一诗中被精微地捕捉到，在异国他乡被小贩的一瞥所触动的，是灵魂里古老而隐秘的熟识感，仿佛是这种半成形、半流动的熟识感在诗人半是茫然的心灵中察知到了它自身。自20世纪70年代以来便被认作是丹麦领军诗人之一的诺德布兰德，在丹麦文学中享有"永远的旅行者"之名，不停移居的忧郁是他诗歌中弥漫性的气质，那不再是一种斯堪的纳维亚著名的本土忧郁。

对于诗人来说，"离开与抵达最与人类存在相关。……当身在某地，我不再是我，而是我周围之所是"。1967年诗人和朋友前往希腊时，恰逢当地军事政变，他们被迫继续旅行到了伊斯坦布尔。诗人此后萌生了学习土耳其语、生活在土耳其的想法，他认为在那里的生活和阅读土耳其诗歌缔造了他的诗。他尤其感兴趣于纳齐姆·希克梅特、奥尔罕·维利、13—14世纪的尤努斯·埃姆雷那种"神秘的接近上帝的方式"。

半个世纪过去，诺德布兰德已被认为是欧洲最重要的诗人之一。诗人的身体也早已不再漂泊，安居在丹麦东南端的默恩岛上。这座被称为"梦岛"的小岛只有萨福之乡莱斯博斯岛的13%大，但是有白色悬崖、史前石墓、让安徒生前来一探究竟的树冠、埃梅隆德大师[1]的壁画、琥珀之路上的记忆陪伴着晚年的诗人，直至2023年1月31日，诗人永远地停下了今生的漂泊。

丹麦女诗人琵雅·塔夫德鲁普是当前斯堪的纳维亚世界最重要的诗人之一。她立足于自己的北方之根，深受保罗·策兰和瑞典诗人埃克洛夫的影响，试图建立起自己颇具雄心的诗歌体系，她认为："诗歌本身就是事物，它构成了一个特殊的世界，一种想象力，一种被表达出来的智慧，可以作为我们前进的动力。"她以具有高度视像性和感官性的诗歌对存在问题发言，作品用女性的身体作为自然的隐喻和自然的要素；身体、梦幻、死亡是她诗歌宇宙的轴心，她的作品洋溢着个体性的美和激情之力。

在冬季漫长、黑暗、寒冷的北国，女诗人琵雅坦荡、炽热、开阔的爱情之诗有着燃烧冰雪的穿透力。

同样处于高纬度地区的苏格兰女诗人卡罗尔·安·达菲，一样以爱情诗为擅场，只是作为双性恋者，英国300多年来首位女桂冠诗人安·达菲的爱情诗在1993年之后更多是以蕾斯宾姿态传达深情、探索女性身份。

安·达菲是当今英国最受欢迎的诗人之一，"后－战后英格兰：撒切尔的英格兰"的代表性诗人。她以一种对世界

---

1. 埃梅隆德大师（Elmelunde Master），15世纪时一位不知其名的画师，在默恩岛和其他一些地方的许多教堂里都留下了风格独特、色彩缤纷的壁画，因而人们用默恩岛埃梅隆德教堂的名字来称呼他。

怀有怨愤、不平的城市社会边缘人群的声音发声，有强烈的女权主义意识。评论家们赞誉安·达菲的诗歌对爱、丧失、秩序脱位、怀乡之情的动人、敏锐、机智地唤起，粉丝们则对她的朗诵报以在摇滚演唱会上才有的拍手、跺脚、欢呼之热情。一个诗人，既被非诗歌读者阅读，又被诗歌同侪敬重，可能是社会层面上诗人被接受的最好状态了，虽然其中不乏有1999年时未被任命为桂冠诗人一事的推波助澜。女同身份还是让本欲展示"酷不列颠"的布莱尔感到太酷了，直到10年后的下一次任命，安·达菲才终于酷得其所。

本书还收录了英国黑人诗人、乐队主唱罗杰·罗宾逊的抗议之声。出生于伦敦、少年时代在故乡特立尼达和多巴哥长大的诗人，其诗歌语言中有着分别汲取自两地的两种声音和韵律资源的结合。伦敦，令英国黑人感到疏离和难以归属；特立尼达故乡的变化又使熟悉的记忆变得脆弱，诗人始终深化着对坚韧和脆弱之间紧张关系的探索，并葆有着复兴、塑造新家园的信念。本书收录的他的诗歌译自他获得2019年艾略特奖的诗集《便携天堂》，仍是感人的、删节的歌词、扩展的散文诗、诙谐的民谣甚至是祈祷文的风格，但诗人收回凝视加勒比海的目光，聚焦英国现实，看到这里有格兰菲尔塔公寓大火、"疾风号"丑闻、奴隶制的遗产，他以超越了义愤的表达方式，揭示出经验下暗含的内容，进入事件中的人性现实。

本书收录的三位美国诗人和一位加拿大诗人，也不期然地形成了一块北美诗歌板块高地。

在文学几乎已被奖项文化一统天下的当今，我们真正的文学人无不缅怀那个曾经多大师、少奖项，走遍世界全靠文本自身发散光芒的现代文学黄金时代。耄耋之年的斯坦利·摩斯的诗作放在各位屡获大奖的美国诗人旁边，你也并不会觉得逊色，可能还会更感动于老爷子的通透、睿智。约翰·阿什伯利曾不吝赞美："斯坦利·摩斯是美国诗歌守得最好的秘密[1]，作为其他诗人的富创意的出版人之名掩盖了他自己那些电荷高能的、美丽得扎痛人的抒情诗。"摩斯在诗中横贯世界，在纽约、耶路撒冷、中国、希腊还有别处各种文化中到处扎根，他探究、讯问种种凡俗和无可避免，在日常中对精神性及其广阔的问题反复考量。他雄辩，语言具有直接的真实性，他的诗歌品质自然坦荡，并令人称奇地实现了诗体现神秘性的隐秘要求。

被誉为他那一代中最好的美国诗人之一的查尔斯·赖特如今是美国健在诗人中成就最大、最德高望重者之一。

创作生涯始于在意大利服兵役时期的诗人初时以庞德《比萨诗章》为导引指南，既用以发现意大利的偏远之地，也以之为诗歌的参考文献，在诗人的第一本重要诗集《那只右手的坟墓》（1970）中有唾手可拾的庞德影响的证明。这个书名也是诗人一生诗歌的第一象征符号，手套、鞋、手、帽子等意象贯穿赖特诗歌始终，表征着那些循环往复的主题：记忆、过往、存在的状态、自然和精神的世界、个人的救赎。

诗人1973年出版的《艰难的货运》被认为是确立了他

---

1. 原文为 best-kept secret，译作"最不为人知的杰作"亦可。

的独特声音之作，在《血统》（1975）、《中国痕迹》（1977）中，诗人继续完善他摸索着实现的对事物进行个人化定义的道路，以具丰富暗示性的碎片化意象，要求读者共同参与意义建构。这三本诗集合集为诗选《乡村音乐》于1982出版后，为诗人带来了美国图书奖（后更名为国家图书奖）。赖特的声名随着他每一本新诗集的出版与日递增。

1981年出版了《南十字座》之后，赖特经历了一个转变时期。诗行更长、更为松散的作品如《区域日志》（1988）和诗选合集《万事之世》（1990）出离了早期晶体般的短抒情诗，将不同主题的线绳编织成自传体式的织物，从多数读者所熟悉的诗歌严格的统一性和封闭性中解放出来，诗人自由地拾取、保存、开拓，返回到风景、历史事件、种种观念当中，对它们进行拉长、延展的沉思。

在20世纪90年代，赖特的风格再度变化，如在《奇克莫加河的诗》（1995）和其他作品中，诗人体现出一个唯灵论者的节制，仅对有限主题或场景以其沉思谱出触及崇高的新的变奏曲，形成了一种可称之为"意象叙事"的风格，叙事冲动运行在每一首独特诗歌形成的沉思时刻的底部。贯穿这一风格的诗集《黑色黄道带》（1997）收获了包括全美书评人奖、普利策奖在内的若干奖项。这两本诗集和《阿巴拉契亚》形成了赖特的第三个三部曲，在2000年合集出版为《消沉的蓝调》。

赖特把他的三个三部曲《乡村音乐》《万事之世》《消沉的蓝调》称为阿巴拉契亚的死亡之书。这些错综复杂地结构起来的作品被有些论者称作"但丁式的",各种主题缤纷旋绕的静止的核心处,是诗人不变的超验渴望。诗人自道:"三个三部曲做着同一件事,有着本质上同一的结构。过去,现在,未来:昨天,今天,明天。"

在《影子的短暂历史》(2002)出版后的较长时段内,赖特拥有几乎每年一本新书的创作节奏。这些后来的诗作往往又回到他中、早期的短诗和深沉挽歌的形式中。作为一生获奖无数的诗人,赖特抱着一种斯多葛主义的态度,他愿意看到自己的诗获得世上所有的关注,但希望自己是一个匿名诗人。

弗罗斯特·甘德和年长他7岁的妻子C.D. 赖特(1949—2016)曾是美国诗坛著名的夫妻档。妻子因病离世之后,陷入深度痛苦中的诗人再度出现在世人面前时,手中捧着一卷新著《同在》。这本感人的疗愈之书终于打动评委,使得他7年之后得偿所愿,摘冠2019年普利策奖(2012年曾进入决选名单)。一卷挽歌,竭力应对一个人生命中最难面对的时刻:突然的丧失、表达悲痛的艰难、舍不得那离去的。出版社推荐这本诗集时,也特别强调,作为美国当代在形式创新上最不安分的诗人之一,这些新作显现出诗人特征性的张力能量和"自哈特·克兰以来最兼收并蓄的选词用字"能力。本书收录的甘德诗作便是译自《同在》。

英语文学学位之外还拥有地质学学位的甘德尤为关注生态诗学,长期是大学(哈佛、布朗大学)诗歌老师的他还是一位西班牙语诗歌译者,并出版了两本小说,还和各门类艺术家合作从事一些艺术活动，和亚洲的关系也比较密切。目前他和一位印度裔女艺术家共同生活。

蒂姆·利尔本，被加拿大诗人同行们称道为加拿大最具冒险精神的诗人。唐·多曼斯基（2007年加拿大总督文学奖诗歌奖得主）评价他："是一位技艺极其高超的诗人，多年来我一直仰慕不已，既折服于他异常弯曲使用语言的能力，也钦羡他洞察力的深度。他怎样写的和所写下的东西总是以其勇敢震惊我，因为他的诗作出自他特有的超验渴望和谦卑姿态。多年来，他的作品在保持和保持／深化之间维持的艰难平衡令我称奇不已。利尔本写着一些当今英语中最复杂精密、最吸引人和最独特的诗歌。"

在我的翻译经历中，比译哈特·克兰还要困难的，便是利尔本诗歌语言的这种"复杂精密"，所以我同意多曼斯基的评价。人类中总有一些喜欢极限运动的人，利尔本属于本能地热爱语言极限运动的人，虽然我并不热爱，但我曾经在最有翻译勇气的时候，领略了一番极限诗歌语言的此地风景。

作为神学、哲学学者的利尔本，其诗歌的主题结合世俗与神圣，坚持着二者必要的共存来处理我们周围世界的基础性客体，在他始终坚持"此在性"的深入细致的"地方性"书写中，无论是加拿大北美大草原，还是西南隅的温哥华岛，他所关心的"地方"都是经由对环境细节的密切关注而看到的更大的世界。这个世界经由包括语言游戏和异想天开在内的文学手笔，锚定自己于基督教神秘主义者和经典的希腊思想家提出的哲学问题上，同时对某些自身语词不能表达自己的东西做出姿态表达。这位思想性的诗人热切地研究着人和环境的关系，艺术家和神性的关系等关于各种关系的艰难问题，坚持将所有要素置于不可分离的整体性当中。他的全部欲望之诗均可视为一首浩大哀歌的一部分，"诗歌是我们以情人的角色了解世界的必然之举……诗歌因其不完整而唤醒了伤逝，一种对业已失去的人与世界的简单合一的哀伤"。

在本书其余收录的几位德国、法国、俄罗斯、荷兰、韩国、斯洛伐克、伊朗诗人中，我还想对七〇后的斯洛伐克诗人马丁·索罗德鲁克的诗歌简言几句。

写作此文期间，我正好在参加第七届上海国际诗歌节，诗歌节的一个重要主题是"面对未来的召唤"。这些年来，在我目力所及中，无论是经典大师还是有为中生代或天资优秀的青年诗人，无论所写的是想象-象征的高蹈超验渴望，还是详尽、繁复的社会学挽歌或抗议之声，真正有能力以拥抱科学之姿呼应未来之召唤的诗歌，索罗德鲁克是吾之仅见。这种能力首先需要有专业的科学训练打下的感受力基础，才能够催生出非门外汉之各种眼神飞瞥难驻的诗之有效性。不幸的是，我们身在分工分科致密、知识相互隔离的当代社会中，一个诗人，像索罗德鲁克这样在学业上从物理学到文学翻译都经过了专业训练的人，几乎是不可思议的存在。所以，不要惊奇他的诗歌中为什么量子力学般的精微到分子层次的感受力和古希腊青年的身姿可以自由结合自我的思辨、激情和理性的怀疑，"下到未知／之国土那不大可能的深处"(《根之间不大可能的平衡》)。

  50年前拉美女诗人维塔莱流亡到墨西哥之时,伊朗女诗人穆萨维刚刚出生于德黑兰,她后来移居到澳大利亚。这是这本书所收录诗人的年龄跨度。半个世纪间,不论是被迫逃亡还是主动追求,诗人们移行的脚步从未停下;不论是身体的还是思想的"世界公民",诗人们都愈益寻求文化的东西贯通之道,渴望成为天地人神间那个当代的真正"通达"之人,而不管地理的东方、西方,边界总如何地游移不定……

目 录

伊达·维塔莱诗选

[乌拉圭] 伊达·维塔莱
范童心　译

003　余　烬
004　流　亡
006　变
007　这个世界
009　蝴　蝶
010　水　滴
011　财　富
013　忏　悔
015　夏　天
016　八月，桑塔罗萨
018　冬　天
019　画
020　天空的背面
021　牛　仔

022　五　月

卡德纳尔诗选

[尼加拉瓜] 埃尔内斯托·卡德纳尔
赵振江　译

025　有一个尼加拉瓜人在国外（节选）
027　第8"历日"
031　短诗（选六）
034　诗篇（之五）
036　民族之歌（节选）
038　为玛丽莲·梦露祈祷
043　手　机

斯坦利·摩斯近作选

[美国] 斯坦利·摩斯
傅　浩　译

047　还没有
049　第五幕，第一场
052　自我传说，2021

058　　赠W. S. 默温

061　　还剩下什么

062　　琐　屑

065　　后同步

加莫内达诗选

[西班牙] 安东尼奥·加莫内达
赵振江　译

069　　倘若一棵巨大的玫瑰在我胸中爆炸

070　　她穿过寂静……

071　　无人向我展示一滴眼泪……

072　　火的坚固……

073　　美

074　　你的双手实实在在……

075　　我活着，没有父亲也没有同类……

076　　水的感觉

078　　描述谎言（节选）

085　　错误的歌（选一）

勒内·昆策诗选

[德国] 勒内·昆策
芮 虎 译

091　鸟的苦痛
092　感觉之路
093　匈牙利66狂想曲
094　无尽的逃亡
096　马巴赫文学档案馆
098　在厄尔劳感受词语
099　空篮子里的大鱼
100　雨后云散
101　诗　学
102　语言硬币
103　爱　情
105　挥之不去的往事
106　耳边的钟
107　维　度
108　早安信条

查尔斯·赖特诗选

[美国]查尔斯·赖特
杨园 译

111　睡前故事
113　阴影简史
117　负　片
119　圣徒的生活（选一）
121　在新年重读老子
124　岩石风景中的艺术家肖像
126　自画像
127　盐
128　重　聚
129　那只右手的坟墓

库什涅尔诗选

[俄罗斯]亚历山大·谢苗诺维奇·库什涅尔
刘文飞 译

133　夜间的逃亡
135　不做被爱的人
137　我们称作灵魂的东西

139 你披着雨衣回家
142 我看着窗外夜空的云
143 九月抡起宽大的扫帚
145 清晨的穿堂风
147 夜蝴蝶
148 我点亮露台的灯
150 抱歉，神奇的巴比伦
152 死后的生活不如现世的生活

卡普林斯基诗选

[爱沙尼亚] 扬·卡普林斯基
范静哗 译

157 东方、西方，边界总游移不定……
158 无，穿透一切，有，满是宁静……
159 一切都里朝外，一切都很不同……
160 睡眠盖着我们，一个人嫌多，两个人嫌少……
161 没有人能再将我组合起来了……
162 我们总会将童年再过一次……
164 有时我清晰地看见事物敞开……
165 一次收到斐济寄来的明信片……
166 我和小儿一道回家……

168	我的小女儿双手齐上……
169	一只花斑猫独坐在……
170	庄稼收割了，老鼠……
171	洗洗刷刷怎么也做不完……
172	我原本可以说：我从巴士上下来……
173	要多写。要多说。给谁呢……
174	诗是青翠的——在春天……

安德烈·维尔泰诗选

[法国] 安德烈·维尔泰

宇 舒 译

179	大爆发
182	大　帆
184	大　道
187	在斜坡上
190	全　部
191	拉　加
192	印度长围巾
193	南面的山坡
194	也
195	阎罗王

196　更　深

诺德布兰德诗选

[丹麦] 亨里克·诺德布兰德
柳向阳　译

201　无论我们去哪里
202　果仁蜜饼
203　内　战
204　航　行
206　给内瓦尔
207　幼发拉底河
208　惩罚之梦
210　卡尔杜齐
212　光　年
213　汤　碗
214　绞刑吏的悲叹
217　莱斯博斯的玫瑰
218　我爱到处睡觉
220　水　母

库勃拉诺夫斯基诗选

[俄罗斯] 尤里·米哈伊洛维奇·库勃拉诺夫斯基
刘文飞 译

225　大师与玛格丽特（选三）
228　我的俄罗斯
230　致布罗茨基
234　印象主义
235　致索尔仁尼琴
238　战争与和平
240　像在极地劳作的人……
242　十一月哀歌
244　雪　前

蒂姆·利尔本诗选

[加拿大] 蒂姆·利尔本
赵　四　译

247　爱在物之中心
248　在山中，看
249　沉思即悲悼
251　我向它鞠躬

252 掷

254 塔西斯,西北温哥华岛,
　　　语言说出的土地之边缘

263 兔子湖木屋,初读《道德经》之地

265 风,吃重缆绳中

267 蜂　鸟

琵雅·塔夫德鲁普诗选

[丹麦] 琵雅·塔夫德鲁普
李　笠　译

271 我母亲的手

273 记忆之痕

274 铭　文

275 蜗　牛

276 静

277 仅只是一把刀

279 我们不是只活一天的动物

282 燃烧的水

284 泪

285 晚　安

287 泉

288 婚　姻

290 声音，足迹

卡罗尔·安·达菲诗选

[英国] 卡罗尔·安·达菲

颜海峰　译

295 你

296 哈沃斯

297 小　时

298 不　在

302 如果我已死去

304 订　婚

307 迎　冬

310 写　下

312 爱　情

弗罗斯特·甘德诗选

[美国] 弗罗斯特·甘德
宋子江 译

315　流浪海
317　晨歌（一）
318　晨歌（二）
319　晨歌（三）
320　在山中
323　连　笔
326　周　年
328　儿　子
330　踏出光芒

扬·贝克诗选

[荷兰] 扬·贝克
禤　园 译

339　已然写下
341　请将他带离此地
343　必要的深度
345　你说过的

346 在一辆动荡之车里

348 打电话给妈妈

349 尚不存在的我们曾经拥有

351 我虚构的他（选二）

李昇夏诗选

[韩国] 李昇夏
洪君植　译

359 久痛则美

361 盖房子

363 命

365 你不欠我什么

367 致女儿

369 黄昏的临终

371 因果律

372 交　感

373 在冬季的城市

374 家、门和路

376 与画家蒙克一起

罗杰·罗宾逊诗选

[英国] 罗杰·罗宾逊
余　烈　译

381　肖像博物馆

383　疾风号

385　你的愈益暗红的血

387　黑橄榄

388　警　示

389　公民二

392　曾祖母肖像，俨然席里柯好妒的疯女人摹本

394　格蕾丝

396　论护士

397　便携天堂

马丁·索罗德鲁克诗选

[斯洛伐克] 马丁·索罗德鲁克
火　尹　唐艺梦　译

401　尾骨对尾骨

404　皱眉在半衰期

409　在爱情游戏的野蛮两极之外

416　　这就是太感人的激情收缩
421　　根之间不大可能的平衡

葛拉娜兹·穆萨维诗选

[伊朗]葛拉娜兹·穆萨维
穆宏燕　译

425　　阐　释
426　　墙　根
427　　滞　留
428　　故　事
429　　疯人院
431　　诗　人
432　　避　难
433　　偷　渡
434　　关　系
435　　黑头顶
436　　到　达
437　　长大成人
438　　星　光
439　　承　诺
440　　红色理智

441 愿望
442 冬天
443 皮肤
444 哀歌

伊达·维塔莱诗选

Ida Vitale

［乌拉圭］伊达·维塔莱

范童心　译

【诗人简介】

伊达·维塔莱（Ida Vitale），乌拉圭诗人、作家、翻译家、文学评论家。1923年11月2日出生于乌拉圭首都蒙得维的亚，其家族为早期意大利移民。她曾于1973年军政独裁时期流亡墨西哥，亦曾多年旅居美国得克萨斯州，自2016年起回到故乡蒙得维的亚生活。伊达·维塔莱是曾在拉美近代文学史上影响重大的乌拉圭文艺运动"45一代"中的一员，也是其至今唯一仍然在世的成员。她是"本质派诗歌"的代表人物，一生出版多部诗集，协办乌拉圭、墨西哥等地的数份文学报刊，青年时代与胡安·拉蒙·希梅内斯、奥克塔维奥·帕斯、加夫列拉·米斯特拉尔等著名诗人互动频繁。曾获奥克塔维奥·帕斯诗歌奖、阿尔丰索·雷耶斯文学奖、索菲亚王后诗歌奖、加西亚·洛尔迦国际诗歌奖。2018年，95岁高龄的诗人荣获了西语世界最高文学奖——塞万提斯奖。

余　烬

生命或短或长,一切
我们经历过的都归于
记忆中的一片灰烬。
往昔的旅途只剩下
几枚神秘的硬币
价值虚无缥缈。
回忆里仅仅升腾出
一片微尘和一丝香气。
也许这就是诗歌吧?

流 亡

在多少次徘徊往复之后……
——弗朗西斯科·德·阿尔达纳

他们有时在此处,有时在彼处,抑或,
不在任何地方。
每一条地平线,都有余烬吸引。
可以去往任何一条裂痕,
没有指南针没有声音。

他们穿越沙漠
烈日或霜冻被燃烧,
穿过无边无际的田野,
让他们回归真实,
化成坚固和草原。

目光像狗一样躺下,
甚至不愿动一动尾巴。
目光躺下或后退,

如果无人归还,
则在空气中雾化
不再回归血脉,
也无法触及追寻的人。

它溶化开来,无比孤单。

变

生命可以改变,
它的枝蔓,像树一般
从翠绿
变到秋天。

灰暗的柱子,
灰暗的磨难,
果实会再次挂满,
就像夏天。

哦,它也可能倒下,
不知会倒向何方,
就像诗歌倾覆,
或者爱落在夜晚,

我不知道尽头在哪里,
坚硬、盲目而可怕,
触碰着母亲之水,
恐惧之源。

这个世界

我只接受这个世界光彩照人、

触手可及、变幻莫测,属于我。

我只膜拜它永恒的迷宫,

它安稳的光芒,尽管藏了起来。

不管清醒还是梦中,

我脚踏它肃穆的大地,

是它在我心中的耐性

如花绽放。

它有一个沉闷的轮回,

也许是炼狱,

我在黑暗中等待

雨水,火焰

挣破锁链。

有时候它的光会改变,

那就是地狱;也有时候,极少的时候,

是天堂。

也许有人

能在虚掩的门之间,

望见彼岸的

承诺与绵延。

我只居于这个世界,

对其怀有期待,

充满了惊叹。

我身处其中,

留下来,

直至重生。

蝴　蝶

空中飘忽不定的，

是诗歌。

同样飘忽的，

是一只飞来的夜蝶，

不美丽，也不灰暗，

即将消失在纸的褶皱中。

轻柔渺茫的语丝渐渐松开，

诗歌与蝶一起消失不见。

它们还会回来吗？

也许，夜晚的某一刻，

我不再想动笔的时候，

某种比那隐秘的蝴蝶

更为灰暗的存在，

会躲开光明，

如同命运。

水 滴

撞碎吗？消融吗？
片刻之前，都还是雨。
透明国度里的小小猫咪，
顽皮嬉戏，
玻璃和栏杆上自由奔跑。
炼狱的边缘，
跟随着，追逐着。
也许，它们会从孤独走向婚礼，
相融，相爱。
幻想出另一场死亡。

财　富

多年来，享受错误
和对它的修正，
能说话，自由行走，
没有肢体残缺，
进不进教堂都可以，
阅读，听喜欢的音乐，
夜晚跟白天做一样的人。

没有嫁给一桩生意，
无须测量羊群，
不因亲戚的管制
或合法的体罚受苦，
永远不必再游行，
不再接受那些
往血里
撒铁屑的词语。
自己能在目光之桥上发现
还有另一个

无法预见的人。

做一个人,一个女人,不多不少。

忏　悔

回首往昔会令人化为
一尊不牢固的盐雕吗？
一场瞠目结舌的死亡？
自己的囚徒？
一处破碎的美丽风景？
其中的旋律已无法听到？

我该杀死我看见的吗？
那精心刻在我独行路上的，
折起又展平的
神话？
盲目擦除一个个所在，
海滩、清风与时间？

最重要的是，
将已然无用的时刻一笔勾销。
像雨滴，
落入无情的海面。

像我自己的脚步,

哪怕并非忏悔。

夏 天

所有不是绿色的东西,

都是蓝色的,

还燃烧着。

拉丁语里——

"自然的一切在火焰中重生"

在这夏日肃穆的油脂中。

重量沉坠如鸟的航程,

奚落着不飞的鸟。

话语的衍生物坠落,

无政府主义等于奖杯,

永恒的衰老皮肤上的珠宝。

是谁坐在事物的边缘,

在无边无际的中央发光。

八月,桑塔罗萨

某天的雨可以无穷无尽,

可以是一滴一滴,

可以是一片一片悲伤的黄色。

把整个天空、空气

变成泛滥的洪水,

把悲伤的光波

化为沉寂和黑暗……

像一只被打湿的乌鸦。

抛却皮肤,抛却水的躯体,

摧毁于高塔和避雷针,

它越过我,向我走来,

比我高出数倍,

它吼叫着,将我淋湿,与我共用

衣衫和鞋子,

分去我唯一的泪滴,远离母亲的泪滴。

我端详着午后一个又一个的时辰,

寻找着那张面孔

和温存的语音。

我期待着他丢弃恐惧，

他却在夜幕降临之时转身离去。

我注视着如此糟糕的一切，如此坚实而沉闷。

失去力量多容易啊！

顽石一般，

形单影只，像一棵树，

为每根临时的树枝尖声大叫，

我将为桑塔罗萨的八月而死！

冬 天

如玻璃上的水珠

如滂沱中的雨滴

在一个昏昏欲睡的下午

一模一样

在表面

全部痴狂地

转瞬即逝

受伤,再溶化

那么、那么短暂

不可以因恐惧而退却

惊吓理应在我们身上

了无痕迹

其后,死去的我们,滚动着

完全被遗忘了

画

我们创建桌上的秩序,
幻想的枝叶,
一场光与影的盛宴,
静止的旅途拉开序幕。
我们用力绘出一片洁白的田野,
让它的光芒之中,
思绪的回声飘荡环绕着
青涩的形象。
随后我们放开猎狗,
鸣枪让狩猎开场。
静谧而虚拟的图画,
瞬间被撕裂。

天空的背面

偶然发生的

并非巧合:

虚无的碎片保护自己

不受非存在之害,

在信号与冲动中

穿梭往返。

是与否,退与进,

一片片几何的天宇,

时间中飞速行进的坐标,

有些什么在发生。

在我们看来苍白的关联,

对无视其他的人则显而易见,

而我们敞开的窗,

从白纱飞扬之处,

被笼进梦里。

只是,所谓偶然,

不过是想象尚未足够。

牛　仔

　　牛与牛仔，已然是两种生物

我们说着，一加一，想的是：
一个苹果加一个苹果，
一个杯子加一个杯子，
总是同样的东西。

不然会有什么变化？如果——
一个清教徒
加上爪哇神乐，
一朵茉莉花加上一个阿拉伯人，
一个修女加上一段悬崖，
一首歌加上一个面具，
一个驻扎的士兵加上一个妙龄少女，
一个人的希望
加上另一个人的梦。

五 月

我写,我写,我写
不是写给任何事,任何人。
词语都被我吓得不轻,
像一群鸽子,无声大叫,
在它们的灰暗地带安家。
无可辩驳的丑闻中,
精细的踟蹰最终获胜:
比起笔下模糊的影子,
我更在乎的是爱你。

卡德纳尔诗选

Ernesto Cardenal

[尼加拉瓜] 埃尔内斯托·卡德纳尔

赵振江 译

【诗人简介】

2020年3月1日，正当新冠疫情肆虐全球的时候，西班牙语美洲诗坛一位世界大师级诗人陨落，他就是尼加拉瓜传奇诗人埃尔内斯托·卡德纳尔（Ernesto Cardenal），享年95岁。说他传奇，因为他不仅是一位诗人，还是神父、游击队员、反政府武装发言人、文化部长和雕刻家。他是公认的拉丁美洲解放神学的主要倡导者之一。《泰晤士文学副刊》曾把卡德纳尔与庞德、聂鲁达列为具有同样影响力的诗人。卡德纳尔的早期诗作题材多是爱情诗、社会批判诗歌以及政治抒情诗，后期作品宗教色彩浓厚，在革命热情中同时出现对上帝的神秘的爱。他受美国当代诗歌影响较深，诗作讲究音色响亮和内容丰富，不甚注意格律。他出版有35本诗集，包括《无人居住的城市》《征服者》《讽刺诗》《午夜零时》《生在仁爱中》《短诗》《诗篇》《为玛丽莲·梦露祈祷》《可疑的海峡》《向美洲印第安人致敬》《民族颂歌》《关于马那瓜的神谕》《索伦蒂纳梅的福音》《摩天》《胜利的飞翔》《金色飞碟》《羽蛇》《宇宙之歌》《黑夜里的望远镜》等。此外，还著有杂文集、回忆录若干种。

有一个尼加拉瓜人在国外(节选)

索摩查[1]把桑迪诺称为强盗,

可桑迪诺从不贪财。

他在山上连盐巴也没有,

战士们冻得瑟瑟发抖。

为了尼加拉瓜的解放,

他卖掉了岳父的住房,

然而在总统府里,

蒙卡达却把整个尼加拉瓜都已典当。

美国外长笑里藏刀:"他当然不是强盗。

如此称呼,只是技术上的需要。"

远处可是星光闪烁?

那是桑迪诺在黑山上的光芒。

他与战士们聚集在红色的篝火旁,

---

1. 索摩查,指索摩查家族(Somoza family),尼加拉瓜独裁家族,其统治于1979年7月17日被桑迪诺民族解放阵线推翻,桑解阵线是目前尼加拉瓜执政党。这里提到的索摩查指第一代独裁者A. 索摩查·加西亚。

肩扛滑膛枪,毯子披身上,
吸烟,或者唱着北方忧郁的歌,
静静地坐着,身影在跳荡。
……

第8"历日"[1]

谎言像雨点般降落在我们头顶

是的,我们被谎言击中

生活的面包缩小了一半

"第七死神",那个叫阿乌克的魔鬼在演讲

现在统治我们的是山狼

管辖我们的是蜥蜴

那食人的毒蛇拿走了土地

你们会说:在那个"卡吞年"就是晦气……

可怕的鬣蜥

邪恶的鲨鱼

死神的秃鹫盘旋在我们的头顶……

在平民时代

---

1. "卡吞"是玛雅历法中的一种计年名称,每20个玛雅年为一卡吞。"历日"是小于卡吞的计时单位。玛雅人认为,逢第8"历日"结尾的"卡吞年"必有灾祸降临,所以当最后一处玛雅人的要塞于1679年陷落在西班牙人之手时,当地玛雅人没有做任何抵抗,因为这个"卡吞年"即将来临,一名圣方济会教士说服了玛雅人的首领,告诉他发生变革的时代已经到来。

这都是撒谎，都是发疯

是最糟糕的政府的征兆

是我们的敌人

向我们发动的恶言恶语的进攻……

他们会怜惜我们的玉米地吗？

奶嘴儿——暴政！

与此同时，猴子先生们……

咬人的母狐狸们

正从一所茅屋到另一所茅屋

正把苛捐杂税强征。

妓女们生下的儿子们

（婊子养的）

他们将政权握在了手中。

现在是政权更迭的时候了

多数人的政权已经来临

葫芦将会长得很大

人们将共用硕大的菜盆

"卡吞年"将会稳定

将是生命之树的"卡吞"

我看到被捕的将军们

俘虏是他们的身份。

我们诗人

为了将来的岁月在圣书上挥笔。

我们用语言捍卫人们

如果你们小视预言

预言将会欺骗你们。

一个没有暴力的"卡吞年"

人民的玉米地上是平静的蓝天

在收获蜂蜜的季节

将把美丽的茅舍还给我们。

我们要走的道路上

写着大字标语。

请看森林中的树木,请看那月亮

为了知道政权在何时变更

会在什么样的石碑上刻上我们的姓名?

我的义务是

诠释你们的（也是我的）义务

那就是获得新生。

短诗（选六）

*

我失去你时，你和我都会失落：我是因为你是我最爱的女人，而你是因为我是最爱你的男人。但是我们俩，你失去的比我多：因为我能像爱你一样爱别的女人，但是却没有男人像我这么爱你。

*

我曾经秘密散发传单，在大街上高呼"自由万岁！"
对武装警察毫不畏惧，我曾参加四月起义，
但经过你家时我会面色苍白，一看你的眼神便会瑟瑟战栗。

*

夜间突然响起一声长长的长长的警笛，消防队的警笛恐怖的嚎叫或死亡的白色救护车，活像马面女妖在黑

夜的呼喊，越来越近越来越近，在街上在房屋上，上升，
上升，下落，增长，增长，下落并远去，增长又下落。
不是死人也不是着火：是索摩查经过。

*

我们的诗暂时不能发表，只能油印或者传抄。
但总有一天，诗中反对的独裁者
他的名字会被忘记而我们的诗会流传下去。

阿多尔夫·巴埃斯·保奈德墓志铭

他们杀害了你，而且不让我们知道埋在何处，但是
从那时起整个国土都成了你的墓穴，或者更确切地讲：
在任何没有你的躯体的地方，你都在复活、成长。
他们以为随着"开火"的命令就结束了你的生命；

他们自以为将你埋进了坟坑，其实却播下了火种。

索摩查在索摩查体育馆为索摩查塑像揭幕

不是我相信人民要为我立这尊塑像
因为我比你们更清楚这是我本人下的命令

也不是我企图和它一起度过有生之年
因为我知道有一天人民会将它推翻

同样不是想趁我在世时为自己立碑
因为死后你们断然不会：

我立这塑像就是因为我知道，你们对它的仇恨充满胸膛。

诗篇（之五）

上帝啊，请你听一听我的言语

听一听我的呻吟

听一听我的抗议，

因为你不是与独裁者为伍的上帝。

你不赞同他们的政策，

不与强盗同流合污，

不听他们的蛊惑宣传，

他们的演讲毫无诚意，

他们的公告言不由衷。

发言中说的是和平，

同时却将军火扩充，

大会上讲的是和平，

背地里却在准备战争。

他们散布谣言的广播每晚都在叫喊，

他们的作家满腹罪恶的计划

和不可告人的宗卷，

但是你将使我们摆脱他们的如意算盘。

他们用机枪的嘴巴讲话，

他们闪闪发光的舌头是刺刀,

上帝啊,惩罚他们吧!

将他们的刺刀折断……

上帝啊,惩罚他们吧!

让他们的政策破产。

使他们的备忘录乱成一团,

叫他们的计划无法实现。

当警报拉响时,

你和我同在一处。

在轰炸时,你将我庇护。

对不相信商业广告的谎言、报刊宣传

和政治运动的人,

请你为他祝福,

像装甲坦克一样

用你的爱将他围住。

民族之歌(节选)

啊,

对在土地上

取缔了剥削的憧憬!

国家的财富和产品,

所有人一律平等。

没有宪兵的尼加拉瓜,我看到新的一天!

没有恐怖的土地。没有王朝的霸道。歌唱

号手像大八哥一样歌唱。

没有乞丐、没有妓女也没有政客,

当然,有富豪、有剥削、有掠夺

就没有自由,

有阶级存在就没有自由。

我们出生不是为了成为雇工

也不是为了成为雇主

而是为了成为弟兄,

我们出生是为了成为弟兄。

资本主义除了人群的买－卖还有什么？
因为兄弟们，这是什么旅行
我们拿着一等舱和三等舱的票去往何方？
我们有镍，在等候新人，
我们有桃花心木，在等候新人，
我们有杂交的牲畜，在等候新人，
缺少的只是新人。

来吧，伙伴们，
拔掉铁丝网，
和过去决裂。因为这过去不属于我们！
……属于那些想继续开发妓院的人。

正如那位古巴姑娘对我所说：
"革命尤其是爱的问题。"
我欣赏公路上的标语：
人的价值在奉献
而不在索取。
……

为玛丽莲·梦露祈祷

主啊

请接受这位世人皆知的姑娘

她的名字叫玛丽莲·梦露

尽管这并非她的真实姓名

(但是你知道她的真名

九岁就被强暴的孤儿

十六岁想自杀的小售货员)

此刻她在你面前,没有化妆

没有新闻发言人

没有摄影师也没有亲笔签名

孑然一身像宇航员面对太空的夜晚。

她儿时曾梦想自己赤裸在教堂

(据《时代》周刊所讲)

人群跪倒在面前,头贴着地面

为了不踩到那些脑袋,她必须踮起脚尖。

你比精神病学专家更了解我们的梦想。

教堂,房屋,洞穴,像母亲的怀抱那么安全

但是也不尽然……

显然,那些头是崇拜者
(黑暗中在一束光下的那一堆头颅)。
但神殿并非20世纪福克斯电影公司的片场。
大理石和黄金的神殿是她的躯体的殿堂
"人子"在那里用鞭子驱赶福克斯公司的摊主
他们把你的祈祷之家变成了窃贼的洞窟。

主啊
在这被罪过和辐射污染的世界
你不会只怪罪商店的一个小售货员
她像所有小售货员一样梦想成为明星。
她的梦想成了现实(但如同色彩斑斓的电影)。

她只是按照我们安排的场记的要求表演
——我们自身生活的场记——那是个荒唐的场记员。

主啊，请你原谅她，也原谅我们

原谅我们的20世纪公司

原谅那巨大的超级产业，我们都曾在那里工作。

她有爱的饥渴而我们却给她镇静剂。

为了不能成为圣徒的悲哀

向她推荐精神分析疗法。

主啊，你记得她对镜头日益增长的恐惧

和对化妆的仇恨——每一场都要化妆——

恐怖怎能不越来越可怕

去制片厂怎能不越来越拖拉。

她梦想成为电影明星像所有小售货员一样。

她的生活是不现实的如同精神病医生

诊断和归档的梦想。

她的浪漫不过是一个闭上眼睛的吻

当她睁开眼睛

发现是在聚光灯下
而且人们熄灭了聚光灯!
并拆掉卧室的两堵墙壁
(那是个拍电影的场景)
导演拿着文件夹扬长而去
因为那一场已拍摄完毕。

或者如乘游艇旅行,在新加坡的吻,在里约的舞
温莎公爵和夫人在官邸的接见
在可怜的公寓门口被人发现。

影片结束但没有最后的吻。
人们发现她死在床上手握着电话机。

侦探们不知她要打给谁。

那情景
好像有人拨了那唯一友好声音的号码

只听一个录好的声音回答说：

拨错号了

要么就像有人被抢劫犯所伤

把手伸向

一个被掐断的电话。

无论谁是她要呼叫

而没能叫的人（或许就没有此人

要么是洛杉矶的电话簿上没有他的号码）

主啊：请你回她的电话！

手　机

你在手机上说呀说呀说呀

并在手机上笑声朗朗

不知道手机如何制造更不知如何运转

但这又何妨

严重的是你和我一样不知道

许多人成千上万的人

为了手机死在刚果

在刚果的山里有钶钽铁矿

（还有黄金和钻石）

用来做手机蓄电池

跨国公司为了控制矿产

进行无休止的战争

十五年中死了五百万人而他们

不愿让那资源无限而人民极为贫穷的国家知道

全世界百分之八十的钶钽铁矿在刚果

三十亿年前钶钽铁矿就在那里

诺基亚、摩托罗拉、康帕克、索尼

买下了钶钽铁矿

还有五角大楼以及纽约《时代》周刊

不仅不愿人们知道也不愿战争停止

就是为了抓住钶钽铁矿不放

七到十岁的孩子挖钶钽铁矿

因为狭小的洞穴容得下他们矮小的身躯

只为每天的二十五美分

成群的孩子死于钶钽的粉尘

或从上面落下的石块

《纽约时报》同样不愿让人们知道真相

因此世人不知道这桩跨国的罪行

《圣经》辨认正义和真理

辨认爱和真理以及真理的重要

同样钶钽铁矿的真理会使我们自由

钶钽就在你的手机里

而你却在手机里说个不停

并发出朗朗的笑声

斯坦利·摩斯近作选

Stanley Moss

[美国]斯坦利·摩斯

傅 浩 译

【诗人简介】

斯坦利·摩斯（Stanley Moss），美国犹太诗人。1925年生于纽约市伍德黑文，曾就读于三一学院和耶鲁大学。曾任洛克菲勒基金会诗歌研究员。现居纽约，以贩卖古典油画为生，并经营一家非营利性诗歌出版社。著有诗集《错误的天使》《亚当的颅骨》《云的消息》《睡在花园里》《颜色的历史》《上帝让所有人心碎得不一样》《没有眼泪是寻常物》《第五幕第一场》《还没有》等。摩斯的诗歌风格朴素自然，但不乏奇思妙想；情感真挚诚实而富有人文精神，糅感性与理性、寻常与神秘、亲切与陌生于一体。诗人毕生浸淫于艺术，与纽约诗派渊源颇深，但特立独行，不属于任何流派。其诗歌题材既根植于犹太传统背景，又涉及对不同地域、风情和文化的感受和体验，因而为诗人赢得了"世界公民"之称。诗人对中国的感情尤为深厚，写有大量有关中国的作品，视角独特而感觉陌生。

还没有

这些日子,我后悔的事少些了。有记忆的
问题,有遗忘的行为。
当奥德修斯到冥界
去见他的母亲时,他想拥抱她,
而她是一个鬼魂。
他拥抱了一个没有肉体的回忆。
曼德尔施塔姆在圣彼得堡和莫斯科
边走路边在头脑中作诗。
到家后,他用笔把诗写出来。
在说谎的时代,他还能做什么呢?
他的脑子里有荷马和俄罗斯的黄鹂鸟。
布里顿[1]抄写毕《仲夏夜之梦》,
然后才谱下一个音符。
音乐和歌剧是父亲和母亲,
歌词是个孩子,玩弄着元音、

---

1. 布里顿,指本杰明·布里顿(Benjamin Britten, 1913—1976),
英国作曲家、指挥家兼钢琴家,20世纪英国古典音乐代表人物
之一,作品有歌剧《仲夏夜之梦》(1960)等。

滑奏和摇摆节奏,直到作曲家

母亲

叫孩子吃晚饭,他们说感恩祷词为止。

记忆是感恩的,我后悔我不知感恩。

我已经走进了一片海洋。用 D 小调,

巴赫为三架钢琴键盘写了一首协奏曲。

我想用 D 小调像给三架钢琴

写的协奏曲那样对青涩的读者

和自知不久将死的读者

说话。他们应得关注。

第五幕,第一场

斯坦利:存在的任何事物,都是伙伴,
　　一条狗一块石头一把勺子一本书一扇扇窗户,
　　屋内的或屋外的任何东西,
　　　　第一次唱的
冥想曲、摇篮曲、安魂曲。
我倾听空间,碰撞的云朵,
偶遇,撞见。
一切都停止了,除了变化的天气。

云和烟不拥有相同的神。
寻找你的孪生和反孪生吧,
世上没有什么不与你相像的。
像卡夫卡一样,用枯叶筑起一座城堡——
每一片叶子都像你的眉毛和耳朵。
井水证明口渴的存在,
一切事物都有一个对立面,
死亡依然是一切事物的对立面。

法国各地的面包店正在消失,
取而代之的是法棍自动售货机。
"长棍面包"这样的词是需要的,
树皮,狗吠,法国帆船,
文字老化,被发明,天知道,
因为有给予和接受的需要。
傻子抱怨押韵的需要是一种必要。
诗歌是文字意义的更好证明,

胜过字典。然而,仍要向《牛津英语词典》致敬。
过去我一直在等什么?
在有绘画之前,就有了颜色。
什么先来临,明白的还是暧昧的,
明白的爱情在暧昧的感情之前?
当然是母爱先于父爱,
全麦,然后才是粗麦面包。
在伊丽莎白时代,戏剧是写作的,不是为了上演。

我不想说"这就是答案",然后睡去,
在我突然消失后,在我是大笑的骨灰时。
在座的朋友中间,有人重复我的遗言。
"愿天国赐予丰盛的安宁!"
让他们说,他拯救过几个该死的灵魂;
他的尘土令跳鼠打喷嚏;他写过——
为他自己的宗教娱乐——
第五幕,第一场。

自我传说，2021

——致露易丝·格丽克[1]

想象中的自我之诗，

库尼茨[2]的"自我传说"；

难以想象的自我，

关于你现在、过去

是谁

的诗。自我之诗，

单数，复数，仍然存在。

你杜撰了一个八岁的

弟弟。我有过三个兄弟。

父亲曾出差，

销售他和其他人写的、

被翻译成六七种语言的历史书。

所以我有一个墨西哥裔美国人

---

1. 露易丝·格丽克（Louise Glück），美国诗人，1943年生于纽约。2020年诺贝尔文学奖获得者。
2. 库尼茨，指斯坦利·库尼茨（Stanley Kunitz，1905—2006），美国诗人，2000年任美国桂冠诗人。

弟弟，他写诗和
小说，翻译和评论，
他是剑桥大学教师。
没有地方——世界上没有地方——
比瓦哈卡更让他热爱。
他对语言的了解
胜过对河流和火车
站。
多亏了DNA，他是直男且
快活，从不弯曲。他的身份证是书。

"全世界都是一个舞台"，
有时是一张写字的
纸页，一个拙劣的笑话。生活是个
拙劣的笑话，像被钉在十字架上
一样痛苦。
他是圣公会信徒，我不清楚
他是否相信复活。

他敬重克里斯托弗·雷恩[1],

建筑学的勃起,

另一种他所礼敬的东西。

来一杯玛格丽特酒对你的想法致敬,

玛格丽特在罗马是雏菊花。

我嗓子都快哑了,说话都困难。

我闭上嘴,深吸一口气,

想起了英语、法语、西班牙语、

德语、葡萄牙语的诗歌,不需要翻译。

我错过了几种语言的

船,所以我掉进了诗歌的

海洋。

我可以游泳。

---

1. 克里斯托弗·雷恩(Sir Christopher Wren, 1632—1723),英国历史上最著名的建筑学家,在1666年伦敦大火后主持重建了52座教堂,包括著名的圣保罗大教堂。

我的另一个兄弟，我每周都会和他
通电话，一聊数小时，这六十
年来。
我读我的诗，没意思的，坏的，
好的，无关紧要的，一直播放的
音乐食粮。
上帝原谅我，我曾经给他读过一首诗，
当时他躺在牙医的椅子上。
他有孩子，一部分中国人，一部分
希腊人，一部分犹太人，两部分法国人，
两部分西班牙人。他是一盘沙拉。
对他来说，每天都是沙拉日。
他的孩子有一个希腊
母亲，他有一个科林斯
建筑师儿子，
一个多立克诗人女儿。他有一个儿子，
是他父亲的一面
破镜子，

用德尔斐加利福尼亚胶水、

玫瑰、丁香、一点蜂蜜粘在一起。

"蜂蜜"这个词让我想起

我的狗,"蜜糖",一个无法言传的甜心。

如果我能像她那样吠叫,我的诗

就会接近真理。

"真理"对狗来说似乎不是个好名字,

但"蜜糖"从不说谎。她喜欢被我

亲吻。她爱她所爱的人和事,

有办法忽视,或者说对其他完全

无动于衷。她欣赏人类

谈话,

这奇妙的母狗、大自然母亲、

朗诵的诗歌、音乐、

烹饪的气味、生肉。

真相是,我们不是身体和

灵魂,我们是灵魂和生肉。

我不卖生肉。

拥抱我的生肉吧,如果你喜欢的话,可以把我

煮一下。我是你的,没煮熟的。

为明天和后天

留下一些我。

闻闻我,

摸摸我的生肉。我有一副

嗓子,我给你唱歌。生肉

是赤裸的,不穿卧室

拖鞋。

我是自己的哥哥、爸爸、妈妈、

妹妹。喂,你好,各位,再见了,

您哪。

真相是,我是无薪工人,我

到处流浪。到了发薪日,我就死了。

赠 W.S. 默温[1]

今天是春天的第一天。

在希腊语和希伯来语中,"呼吸"和"灵魂"是同一个词。

你死了六天,你的呼吸和灵魂

从你身体的社会中被放逐。你的灵魂,

幸福的奇迹,奔向宝拉[2],她就是天堂。

她抱着你,就像玛利亚抱着死后的耶稣一样,

你用双臂环抱着她——两个雕像[3]。

你现在是做什么的,你在哪里,

你的地址,区号,邮编是什么?

如果人生如你所言是一场梦,

我希望你的死亡观念是正确的。

你们两个现在都完全醒了,

你们依旧用亲吻道早安和晚安。

---

1. W. S. 默温(W. S. Merwin,1927—2019),美国诗人,2010—2011 任美国桂冠诗人。

2. 宝拉,指宝拉·默温(Paula Merwin,1936—2017),诗人默温的妻子。

3. 意大利雕塑家米开朗琪罗作品《哀悼基督》为圣母玛利亚怀抱受难而死的耶稣形象。

我认为，如果你想了解某人的心，
就找出让他心碎的原因。
我在做梦，醒来：接近真相。
我现在就像李尔王的信使一样，戴着足枷[1]，
因为我宣布了你将到来，
带着一百个爱你的诗人骑士。
我也有权发问：有多少美国诗人
是生活在法国的考狄利娅[2]，注定
要被你抱在怀里死去？

哈利路亚！假如没有撒旦，
世上就没有知识了。
从现在开始，我就是你的明眼狗，
一只杂种狗在等你的口哨要我来。

---

1. 在莎士比亚悲剧《李尔王》中，作为李尔王信使的年老的肯特伯爵被康华尔公爵用足枷铐了起来。
2. 考狄利娅（Cordelia），在《李尔王》结尾，李尔王远嫁法国的小女儿考狄利娅被英军俘虏，缢死在狱中，李尔王抱其尸身哀恸发疯而亡。

你不会吹口哨的。

儒略历、格里高利历、太阴历让你大笑。

自从你死后，一千野花、

紫罗兰和三叶草年已经过去。

我昨天看到一只母鹿和一只小鹿，都长有你那样的眼睛。

据我所知，如果人生是一场梦的话，

死亡就是一座图书馆，其中有来生的季节，

逝者写的诗集。

去他妈的尘与灰。妄猜一下，你现在在海浪中

游泳，在赞美诗那般深厚的沙滩上，

光着脚在沙上写诗。

我想此诗的一部分就是你写的。

如果你收到这个，我打赌你会摇头，"不，不"，

微笑着说，"不要你用生命付账！"

你不需要，也不想要，但是

这些话是为了让你活下去。

对不起。

还剩下什么

在不远的世界另一头,还剩下什么?
战争丢下一个也门儿童挨着饿,
一个十岁的男孩体重三十磅。
我可以给他什么吃的?
总有一天,天空会变成面包,
大地会变成面包,中间的一切
会变成我的三明治馅料。
我现在吃我的三明治:
中国的长城
卡在我的牙缝里了。
我妈妈说:"嘴里有食物
就别说话。"
我现在不说话了。
男孩的母亲跪在地上走,
穿过一片无花果树雷区。

琐 屑

风与灵的区别

是物质性的；它们的相似性

在树木和圣鸽[1]中间

造成混淆。你看见风动，听见风声，

看见风行水上的模样。无疑

它曾鼓满风帆，鼓动人类环行

世界。但我还是发现，"风"和"灵"

在希伯来语中是同一个词。

在巴别塔之后，有了希伯来语，

然后灵就不一样了——

它变成基督教的了，乐于有一个希腊语名字。

祭神的殿堂已无人光顾，

北风神玻瑞阿斯

把俄里蒂亚空运到了他在凡间的床上[2]。

---

1. 基督教传说，圣灵化身白鸽，向圣母玛利亚报喜，告之以清净受胎的消息。

2. 希腊神话中的北风之神玻瑞阿斯曾掠走雅典公主俄里蒂亚，与她生有多子。

维纳斯是从扇贝壳里出生的。

我是在纽约市出生的,

具有幸运的资质。

我的心脏与轻浮一同跳动,

它与灵和风一起玩耍。可惜的是

在黑暗的第十五街,我听到

一个乞丐说:"很快我就会跟死人一块

掰面包吃了。"

一份荒诞的礼物:

我给了他零钱、微笑、公开慈善,

而不是拥抱、宠物。

我为了好玩写早餐食谱,这个煎蛋卷,

就好像没有同修的祈祷似的——

拿两个鸡蛋,亚当,半个苹果,一小撮原罪,

搓碎的文字和奶酪,紫洋葱,

一根盐柱[1],把《雅歌》扔进去,

---

1. 据《希伯来圣经》,上帝毁灭所多玛城时,义人罗得一家得天使救援出逃,被告诫要不停地跑,不要回头看。罗得的妻子忍不住回头,结果变成了盐柱。

不完全是一个启示，

我唱广告歌。

上帝喜欢分别：老鼠和耗子，

渡鸦和乌鸦，跳蚤和虱子，

地球和世界，

卷毛和鬈发，

圣诞节、耶稣诞生和降临节。

太初有未道之道。

话是说的，听的，不是读的。

最终，某种满足，

抹平，一个平面，

没有天使或魔鬼，

没有上升或下降。

琐屑是一支捷格舞曲、一首诗、一场舞，

有时是一个最后的机会。

后同步

自由而平等,

我不用笔和铲子写虚构作品,

梦书,小说。

我写一首诗,讲述我不知道的事情。

因为我想知道。

是时候让朋友和孙辈知道了,

我从德尔斐神谕那里偷了一枝月桂。

我推开自己,继续前行。

我的诗可能类似

林中漫步,蛇的一击。

5月3日,或可能发生的什么。

关于语法,我无话可说,

牧羊人知道

动词不是披着羊皮的名词。

在我灵魂的游乐场里,今天我在蓝天里

与意义的白云摔跤,蔑视

脚踏实地。在喧嚣的城市里,我听见

一只麻雀的求友声——树林深处,

一声更甜蜜的叫声,无词的爱的呼唤。
主啊,我想听懂鸟儿的语言。

加莫内达诗选

Antonio Gamoneda

［西班牙］安东尼奥·加莫内达

赵振江 译

【诗人简介】

安东尼奥·加莫内达（Antonio Gamoneda），西班牙诗人。1931年出生于西班牙奥维多，3岁时父亲去世，随母亲迁居莱昂市。14岁开始自谋生路，在银行任职达24年之久。同期，参加知识界的反法西斯斗争。1960年出版成名作《静止的暴动》。1969年，开创并领导莱昂省议员团文化活动，出版"莱昂诗丛"，践行"用独裁统治的钱弘扬进步文化"的思想。为此，他的公务员身份被剥夺，后通过法律程序恢复。他前期创作的诗集《大地和唇》《豁免（Ⅰ）（Ⅱ）》《卡斯蒂利亚的布鲁斯民歌》《目光的激情》等在佛朗哥死后才获准出版。此后，出版有《描述谎言》《洛匹达斯》《时代》《寒冷之书》《损失在燃烧》《塞西莉亚》以及《这光芒》（1947—2004诗歌汇编）。加莫内达荣获了众多文学奖项，重要的有西班牙国家诗歌奖、索菲亚王后诗歌奖和塞万提斯奖。

倘若一棵巨大的玫瑰在我胸中爆炸

倘若一棵巨大的玫瑰在我胸中爆炸
当黄昏降临,在我的双唇开花,
你会不会让我搅动夜色——因为你
居住在那里——用我渴望的双手,
用失眠的骏马,它们驰骋在我的额头上,
你会不会将玫瑰花放在我夜晚的肩膀?

倘若火的枝条萌发在我的舌头上,
你会不会像夜间的风一样
——那夜晚在你的声音和你的家——
它会不会在赤裸的脊背上和你说话?

她穿过寂静……

她穿过寂静;
双唇上凝结着母亲的光彩,
她发现了百合与阴影的路径。

她来自夜晚。穿过寂静。
在无形的枝条后面,无关
血液的声息,他在那里。

她没告诉我们:什么哭泣,什么话语,
什么风;在什么日子,什么雪,什么
遥远的山峦,从死者中穿过。

无人向我展示一滴眼泪……

无人向我展示一滴眼泪；
我没感觉到光辉淌血的夜莺
在我的喉咙颤动。

我曾说："来吧，上帝，来我的双唇，
来我的双眼，来我的渴望。"
而上帝，一向沉默不语。

火的坚固……

火的坚固
被哭泣围住。

相爱首先在眼睛:
它们在生命中
点燃自己的光芒
使人聚集并相互观望。

然而光芒
是致命的起因。
我的心因为被透明
所伤,才在美中隐藏。

美

美
不带来甜蜜的梦幻;
在闪电的原料中
传播冰冷蓝色的失眠。

在强烈的石灰,
在燃烧的铜板,
它不停地旋转;
其完美令人眼花缭乱。

美
不是胆小鬼
停留的地方。

我愿自己的思想
沐浴它的光芒。
我愿在自由中死亡。

你的双手实实在在……

你的双手实实在在。

有一天,世界陷入沉静;
树木,在上面,深邃
而又庄重,我们在表皮下
感到大地的运动。

你的双手在我手中多么温柔,
我感到你活在我心中,
感到引力和光明。

在树木下面,一切都是真的,
一切都不是虚谎。我了解万物
就像人们用嘴巴了解水果,
用眼睛了解光亮。

我活着，没有父亲也没有同类……

我活着，没有父亲也没有同类；
我沉默，因为在声音盲目的坟墓里
找不到那些
像古老果实的，亚当的，圆满
奉献的话语。健康
结实的肌体在失去；只剩下足迹：
碎片，孤独，雕像，土地。

水的感觉

今天傍晚我坐在河边
很长时间,可能很长时间,
直至我的双眼漂在水面
而我的皮肤像河的皮肤一样清鲜。

当夜幕降临,已看不见水
但能感到它降落在黑暗。
我只听那黑夜中的响声;
只有那水声回响在耳中。
多少人,多么辽阔的大地,
这夜晚的声音却足以充满我的心际。

我不知是否背叛了自己的朋友:
坛子里盛满了昏暗而又甜蜜的水,
可红色的、古老泥巴的坛子在遭罪。

有人同情这坛子。
有人理解这坛子和水。

有人为了爱将自己的坛子打碎。

无论如何，我并非
为了自己畅饮而打水。

描述谎言（节选）

氧气沉淀在我的舌头上如同一种消失的味道。

忘却进入我的舌头，我只有忘却的行为，

而且只接受不可能的价值。

我像一条在大海撤离之国注册的船只，

倾听过我的骨骼在放任自己休息时的屈服；

倾听过昆虫的逃逸和阴影在加入我的遗存时的引退；

倾听过直至在空间和我的精神中不复存在的真理，

而且我无法抗拒寂静的完美。

我不相信祈求但祈求相信我：

它们又一次到来如同无法避免的地衣。

夏天的发酵进入我的心田，我的双手在缓慢中滑行疲惫不堪。

一张张面孔到来，既没有投影也没有使空气的单纯发出沙沙的响声；

既没有骨骼也没有行走，似乎只存在于我的双眼内、我的话语群和我听觉的厚度中。

它们是顺从的，而我觉得其聚集犹如在黑暗中隐藏的健康。

这是我心中的友谊；

是岁月中温柔的双手梳理的毛线。

现在是夏天，我备了焦油、黑莓和削好的铅笔。

格言上升到耳际。

我离开了倔强的寝室。

我能在被遗弃的果实中找到乳汁并在空空的医院里倾听哭泣。

我的语言的繁荣显示在一切长期被遗忘然而却被水参观过的事物中。

这是疲惫的一年。的确是很古老的一年。

这是必须的一年。

在五百个星期中，我没有自己的打算，置身于小纠结，对诅咒都保持沉默。

与此同时，折磨和话语妥协。

此时一张面孔在微笑，它的笑容挂在我的唇边，其音乐的
　　提示解除了全部损失并将我陪伴。

它像消失而又回归的鸟儿的颤抖一样谈论我；

用依然在回答眼睑柔情的双唇谈论我。

在这个国家，在这段时间，其痛苦描绘在水银的碑石上，

我伸开双臂并进入草地，

在浓密的冬青树中滑行，为了引起你的注意，为了让你将
　　我召集在你腋下的湿润里。

在萎靡的枝头还有阳光，我的价值体现在你和这些脸庞
像野生的颗粒细胞一样行动的音节上，

像兴奋的精子直至进入声音的火花，

直至将我的身体沉入平静的水，

直至用崇高的香脂遮盖了我的面颊。

不是赞扬，不是紫袍落在我的骨架上；

而是更美丽和古老：在醋上呼吸直至将它变成蓝色，持刀
　　向前
再抽回，刀上浸染着击剑者的尊严。

我感谢贫穷，只为贫穷不将我诅咒并赋予我有别于从前的
　　身份，那时我在拒绝中立法
而且单纯。

我嗅到大地上一切肮脏的证据，我不妥协
但是热爱我们留下的一切。

我觉得自己老了单留有痕迹。访问者们来了。
创伤下有蚂蚁。

我感到繁殖力藏匿在我头发的愤怒中
并听到抛弃我们的物种的滑行。

我止步于同情，因为同情将我交给那些王子，
他们的奖章沉入我的女儿们的心中。

我将和王子们做一种蒸馏，这对他们有害，但对人民却是
　鼓舞和甜蜜，
如同果汁保存在漆黑的器皿里。

我不求助于真理，因为真理说过"不"并把酸注入我的
　身体。

在鸽子的腹内有什么真理?

真理在舌上或在镜中?

真理是人们对王子们的问题的回答?

那么什么是对制陶工人们的问题的回答?

倘若你撩起长袍,会发现一个身躯,而不是一个问题:

话语为何在腰带上枯干或在静止的街角构成,

变成图板,然后,贫乏而又贪婪?

好了:我有时会像沥青或卷发那么无耻吗?

并非如此,而是我的记忆拥有沥青,我的惊叹在讲述堕落和仇恨。

错误的歌（选一）

我看见蚂蚁栖息的心脏，肉体的面具，和一条被犹豫不决
 的屠夫抚摸的蛇，
被囚禁在矩形中的百灵，愤怒的灰头麦鸡，
还有将锁链
亲吻的母亲们。

多么艰难的事情：不想爱而爱，让钢铁打结，发现一个动
 物的美丽——它在哭泣并幸存于被剥夺了希望的脏器，
看见一位老者，他在行走又不知向何处去，而他的括约肌
 慢慢将血往雪地上滴。

这冬天的兄弟，难道我在从自己的青春逃离？
我看到
谨慎的油脂，疲惫，芒刺；刺在我的眼睛上的锋芒极其
 锐利。
我沿着托架
下降。我不晓得。我将
沿着衰老深深的阶梯下降。

只见：

虚伪是我们的教堂。

　　　　　　我

已在到达，

　　　　我

就要到达。

　　　此刻，

不知为何，我要在镜子中间高歌。

准备好你们的耳蜗，一连串脊椎的怒火，
被恐惧引导的解剖。

　　　　　　我的声音

在诽谤中这样说，

　　　　　它说：

"活着很奇异，在愤怒中休息。心明眼亮的昆虫
在我们的血管里吮吸。

　　　　　　活着

很奇异。不能拯救自己。

　　　　　由于什么，为了什么？
　　　　　　　　　　　　不能
拯救自己。
　　　　无论
在檀香还是在受折磨的根里都无法拯救。棺木里，
绝对无法拯救。
　　　　　因此我推荐
崇高的冷漠。
　　　　只关心
临终
有某种温柔。
　　　　挣扎
同样奇异。
　　　　　尽管如此，
有些动物还是飞快地交配。包括我，也和黯淡的花儿、抽
　象的字谜，和蓝色化石和黄色老妪，以寻常的方式
发生关系。
　　　　或许有

一条最终的绳索,而其中的黑暗
或可进去。
　　　　　但是没有:我们
没有最终的绳索。
　　　　　只有
疯狂的木头,是的,只有木头。

勒内·昆策诗选

Reiner Kunze

[德国] 勒内·昆策

芮 虎 译

【诗人简介】

勒内·昆策（Reiner Kunze），德国诗人，翻译家。1933年出生于前东德的奥尔斯尼茨矿山，父亲是矿工。昆策于莱比锡大学毕业、任教，是前东德自由作家。1976年，在西德出版了散文集《奇妙的年代》。1977年起，诗人流亡西德，先后获得了奥地利的特拉克尔文学奖和德国的毕希纳奖等。13年后，东西德统一，昆策得以重返故乡。昆策在诗歌中常常回忆故乡、童年生活，诗歌主题直击生命、衰老、死亡等基本、重要的人生课题，也有关于绘画、音乐和大自然的主题。其诗歌语言朴素而幽默，意境优美；诗多无韵律，名词也不按德语语法的要求大写，诗中力图用最少的词语表达最丰富的内容。昆策的主要作品有大型诗集《昆策诗选》，散文集《太阳坡》《代号诗歌》等。

鸟的苦痛

如今,我已而立之年
却不认识德国
在德国边境,斧头砍倒了森林
哦,国家把人民
隔在两边

于是,所有桥梁都失去支撑

诗歌,涌出来,飞向天空!
涌出来,诗歌便成为
鸟的苦痛

感觉之路

感觉
是泉上的泥土:没有树木
可以砍伐,没有根茎
可以刨出

泉水可能
因此封闭

有多少树木
被砍伐,有多少根茎
被刨出

在我们中间

匈牙利 66 狂想曲

——致提博·德利[1]

穿邮车夫制服的
检票员来了

他把多瑙河
这两封沉重的信件
用一块罂粟地
仿佛用一片血迹
封印在身后的黑皮包里
布达佩斯在信封里发光
仿佛暴风雨的前奏

我不能打开,然而
我却长时间看到夜之草原
闪电那陡直的笔迹

---

1. 提博·德利(Tibor Dery,1894—1977),匈牙利著名作家,匈牙利1966年民主革命参加者。

无尽的逃亡

——致胡赫尔[1]

这里只有风儿不请自入

这里
只有上帝在呼唤

他让人们从天空到大地
铺设无数的线路

从空牛棚的屋顶
到空羊圈的屋顶
雨水如注
木槽叮当

上帝问:你在干什么?

---

1. 胡赫尔,指彼得·胡赫尔(Peter Huchel,1903—1981),德国诗人,1945年曾被关押在苏军战俘营,战后回到东德。后来,因为批评政府,作品不能出版,1971年流亡西德。

我回答,先生,
天在下雨,
我复何为?

而他的回答生长茂盛
所有窗户都绿意葱葱

马巴赫文学档案馆

地下室通往冥河

墙上斜倚着
一把木桨:
卡戎[1]读书

是否在摆渡亡灵之前
他会检阅死者的原稿……

不包括那尚未付梓的错误,他说

他阅读着
俄耳甫斯[2]的歌

从那时起他就带在身上

---

1. 卡戎(Charon),古希腊神话中的冥河摆渡者。
2. 俄耳甫斯(Orpheus),古希腊神话里著名的歌手。

爱情如歌,他说。然而
死者为何
不再使用

欧律狄克[1]将不会跟来,他说

他说,旁边
墙上是斜倚的木桨

而他为何在此阅读俄耳甫斯的歌?

这里笼罩着一片阴影
却弥漫着人世之光芒

---

1. 欧律狄克(Eurydike),俄耳甫斯之妻,俄耳甫斯有入地狱拯救爱妻却终因回头而未遂的著名故事。

在厄尔劳感受词语

我们向河而眠
头枕坚实的流水

却常常醒来
躺着寻找寂静

在离开词语之处
语言费尽心机

屋前,紫杉枝丫交织
乌鸫孵出无声的歌唱

而河对岸彼拉万教堂钟声
被时间注销

空篮子里的大鱼

清晨,你钓起了清晨
带粉红斑纹
和淡蓝色肚皮的鱼

中午,中午咬食
铅锤灰白,浮子沉落
仿佛被钉在那里

傍晚,傍晚收起鱼线
带着金色的嘴,天色变黑
都熄灭了

夜晚,你为星空去鳞
直到它露出黑色的皮

雨后云散

天空染在水里

池塘里的水

被掠去了湛蓝

茂盛的核桃树

一只雄壮的绿犬

抖动湿漉漉的长毛

诗　学

——给厄吉尔[1]

有太多的回答

我们却不知从何问起

诗歌

是诗人的盲人杖

诗人用它探触

前面看不见的事物

---

1. 厄吉尔，指雅各布·厄吉尔（Jakub Ekier, 1961—　），波兰诗人，翻译家。

语言硬币

词语是钱币
越真实
就越坚挺

爱 情

爱情

是我们心中的野玫瑰

当她与爱人的眼光相遇

就在他们眼里

扎下了根

当她感觉爱人的气息

就在他们脸颊上

扎下了根

当她抚摸了爱人的手

就在皮肤里

扎下了根

她扎下了根

生长茂盛

在一个夜晚

或者一个清晨

我们就感觉到了

她在我们心里

需要空间

爱情

是我们心中的野玫瑰

既不能用理性分析

又不能随意唤使

而那理性

是我们心中的刀子

那理性

是我们心中的刀子

用来修剪玫瑰

千万条枝蔓

撑起的一片天空

挥之不去的往事

在陶努斯山[1]散步
在森林中心,那里没有
边境的分隔,在我面前
是边境:
猎人伺猎处的瞭望楼

在帕骚[2]下游的多瑙河
边境,我注目之处
奥地利古堡与山毛榉,只是

一条河流而已

---

1. 陶努斯山(Taunus),位于西德法兰克福附近,森林密布。
2. 帕骚(passau),西德巴伐利亚州的一个小城,位于多瑙河畔,为昆策流亡之地。

耳边的钟

每个清晨它用钟声蹂躏
我的睡眠,仿佛上帝的旨意,惩罚那些
在他的世界
不能在夜里入眠的人

礼拜日那口大钟也为小钟助阵

它们敲着让信众起床
它们敲着让信众穿上外套
它们敲啊敲啊

在浓雾密布的清晨我将摘下这些钟
宛若摘下熟透的果实
将它们喂食河里的钟鱼

不畏惧自己的灵魂得不到祝福

牧师将悄悄为我
求情。他也乐意睡个懒觉

维 度

我乐意将自己置于聋哑人的行列，用嘴唇
剥去词语的外壳

听者几乎只是聋子

他将理解

而只有哑巴知道，它的意义
徒劳地为了词语而搏斗

偶尔，我们通过点头任命
老大（每个颈上
都带着反叛情感的疤痕）

我欣然将自己置于聋哑人的行列，用眼睛
谛听，如果周围的声音
在激烈争斗

早安信条

>……他们在心中赤足
>——扬·斯卡策尔[1]

如果你写一首诗,在心中
会赤着双足

你要绕开
令你碎裂之地

苔藓之上
裂片无法生长

给予他
没有创痛的诗行

---

1. 扬·斯卡策尔(Jan Skacel,1922—1989),捷克诗人。

查尔斯·赖特诗选

Charles Wright

[美国]查尔斯·赖特

杨 园 译

【诗人简介】

查尔斯·赖特（Charles Wright），美国诗人。1935年出生于田纳西州匹克威克大坝。至今出版了24本诗集。早期诗作受到庞德影响，《艰难的货运》（1973）后找到自己的声音，《南十字座》（1981）之后，风格经历了一个变化时期，至20世纪90年代，风格再度变化，形成一种被称作"意象叙事"的独特风格，如《奇克莫加河的诗》（1995）、《黑色黄道带》（1997），后者获得了包括全美书评人奖、普利策奖在内的若干奖项。自《影子的短暂历史》（2002）出版后的较长时段内，赖特拥有几乎每年一本新书的创作节奏。赖特是美国诗人学会主席，于2014年出任美国桂冠诗人。他一生荣获了众多荣誉，除前面所提及的，还有美国国家图书奖、博林根诗歌奖、格里芬国际诗歌奖、鲁斯·莉莉诗歌奖等。赖特对这些成就保持着斯多葛主义的态度，称"这不是诗人的成就，而是诗歌的成就"。

睡前故事

发电机嗡鸣如远处的自在之物[1],
夜刚刚开始,而时间,像那条是它自身的狗,
         饿了想吃东西,
它必会被喂食,不用怀疑,会被喂食,我的小东西。
森林开始聚集它所有的寂静,
草地重组,盘坐在它分开的两脚上。

某物正在拧干阳光的抹布
无情地,而后挂起。
某物正使芦苇俯身并藏起它们的头,
某物正在舔光那些阴影,
并将空白的这些空间串起,填满。
某物正一寸一寸地走进我们心里,
用它蓝色的指甲抓挠那儿的墙壁。

我们该让它进来吗?

---

1. 自在之物(ding an sich),又译作"物自体"或"物自身",指人类意识之外独立存在的客体,是康德的概念。

　　　　　　我们该以它应得的方式欢迎它，
以手捂耳，嘴巴大张？
或者我们该给它一把椅子坐下，给它端上肉？
我们该打开收音机，
　　　　　　拍起手，跳起舞
跳起某物之舞，欢迎某物之舞？
　　　　我想我们应该，亲爱的，我想我们应该。

阴影简史

感恩节,没有月光。
地上这里什么也没有,除了模糊的形影和黑黢黢洞穴,
天堂光辉,但虚幻
在我之上,
　　　　　树被脱尽树叶,缠绕着钢丝绳像爱尔兰竖琴。
潘塔帕斯和自由桥上的灯光映出东边的天空。
桥下是那条河,
　　　　　红色的里万纳河。
在河的救赎之下,那书上说,
那书上说,
通过水和火,所有地方都变得纯净。
可见的经由那可见,隐藏的通过被藏起的。

　　*

每一个词,正如某个人曾写下的,包含着整个宇宙。
可见的在其背上载负着所有不可见的。

今夜，无条件地，那移动在肢翼纤长的草中的

        什么

触动着我，

仿佛我之前并不存在？

那一直在移动的是什么，

     一缕小小烟柱

竖起它的后腿，

     游离在凹草丛中？

一个我还不知道的词，一个包含无限的小小的词。

悄无声息、无悔地，在通过干草的筛选。

舌头之下是那话语。

那话语之下是火，然后是火的唯一结局。

  *

只有但丁，在炼狱，投下一道阴影，

L'ombra della carne[1]，肉体的阴影——

        其他所有人都是一个人。

从世界的身体流溢出的黑暗，晦暗的光斑，

预先追猎到我们的足迹，且尾随着我们，

        半透明的身体，

看着名词天地，看着动词天地，

直到它们中的一个进入左耳并变成一道阴影，

本身，是未封蜡的耳中甜美的词。

这是阴影的简史，是真实的我们的一部分。

这是世界看上去的样子。

在十一月末，

   没有树上的树叶，没有壁架阻挡光之流泻。

  *

十二月初也没有壁架，没有冰，

---

1. L'ombra della carne，意大利语，意为"肉体的阴影"，委拉斯凯兹绘画中的一种阴影画法。

拉尼娜[1]不融入自大西洋湾
　　　　　　　而来的暖流，
蓝岭山脉上活力橙般的落日，
当夜晚收集它的物体，任何东西都不再有阴影
并轻松进入听力可及范围。
在涌流之下的被剪镜头，
　　　　　　莱昂·巴蒂斯塔·阿尔伯蒂说，
有些光来自星星，有些来自太阳
和月亮，而其他的光则来自火。
来自星星的光使阴影与身体对等。
来自火的光使影子更大，
　　　　　那里，在舌头之下，那里，在话语之下。

―――――――――――

1. 拉尼娜（La Niña），指赤道太平洋东部和中部海表温度大范围持续异常变冷（连续6个月低于常年0.5℃以上）的现象，通常伴随厄尔尼诺而来，也被称为"反厄尔尼诺"。

负　片

这是我们做梦沐于其中的光,
午夜时分的乳汁光,满月
翻转平衡,像一张底片上的形象:
白垩丘陵,幽灵般的天空,
黑色的玫瑰在火中,
它的气味和闪亮的钩子
等着钩住什么。

桑葚眨眼如星币;
肥绵羊,牧豆树和檞树丛,
以它们各自甜蜜的速度吃草,
地球的白糖;
两英里以下,退潮,
海浪没有什么可增加的。

等待我们的是这个吗,无形状的
钴蓝、锌白,我们无法定义的
流光溢彩,

还是毫无负疚感地用到树叶落尽,
没有准则或怦乱心跳,没有
抑扬顿挫地精准呈现,没有,没有?

寂静。仿佛我们身后的门洞
是液体的,是黑水;
仿佛我们可以进入,仿佛
渡船就在那里,
准备带我们穿越
——记住此刻,未加水印的
不透光窗帘像我们新头发上的头巾。

圣徒的生活（选一）

一根短绳上松活的结，
我的生活不断地从我脚下溜走，完好无损却
逐渐缩小，
    它的图案正在消失，
每日空气的蓝色深渊
吸进它又呼出它，
    以小小的如烟云团，
    以小小的风的珠串和线。

铅笔说出的一切都是可以擦去的，
不像我们的声音，说出的词黑色且永恒，
像煤烟弄脏我们的生活，
      不像我们的记忆，
蚀刻出如以心灵为背景的天际线，
不像我们无可挽回的行为……
铅笔倾泻出所有事，然后又将一切收回。

比如，现在我在好莱坞星光大道和藤街，

年近六十,圣诞夜,肉体闪客与皮条客们

和永不衰颓的农夫步[1]

      突然停下他们的接合,

希望街对面有什么不太恐怖的事情发生。

暴风骤雨席卷一切,而后甩掉它们,

棕榈树叶淫荡地悬摆。

      生活,正如他们所说,是美丽的。

---

1. 农夫步(Walk of Farmers),一种健身的步子,要挺起胸脯,双手似提重物而行。

在新年重读老子

萧条的一年清冷地结束,

       低矮果园的深处,

天空现出它的黑涂料底衬和点点芒星。

站在黑暗中我回应

我的生命,这件我想褪下的衣衫,

        正在燃烧……

旧岁,新年,老歌,新歌,

       没有什么会改变手,

每一次我们改变心,每一次

都像一朵艰难的云浮荡了一整天穿过天空

去向缀着星星肩章的夜晚

       耸起的肩头。

  *

韵律起起落落。

结构在心中升降起伏。

失败在老地方再次播种。

以其寸茎跨越两个世界的那草,是否爱这尘土?

那雪花是否爱这雨滴?

我听说那些了知者永远不会告诉我们,
          还听说

那些告诉我们的人永远不会了知。

词语是错的。

结构是错的。

即便问题也是折中的。

欲望辨识,语言辨识:

他们不构成万事万物本质中的任何部分:
        我们命名和安放
       的

每个词,

 都是一次失败,每一物

 都引导我们走向背离光的另一步。

失去是其自身之所得。

　　　　　它的秘密是空无。

岩石风景中的艺术家肖像

这里有一幅乔治·曼奇尼和我在伊兹拉岛的

照片,1961 年,3 月 23 日。

我们出现在防波堤上。

一位名叫梅尔的美国女孩

站在乔治身边,他正在看报纸。埃里克,

一个英国人,和一个伟大的丹麦人

站在她身侧。

  菲达,那只狗,坚定地站着,在爱琴海寒冷的阳光

    下喘气。

我站在远端,看着乔治,

太阳镜,白色袜子和沙漠靴,

    中尉的最后一个早晨。

阿克塞尔·詹森,站在相框边缘外,爬岩石覆盖的小山。

他正在写第一部小说。

关于他在阿尔及利亚与图阿雷格牧民在一起的日子。

也许是摩洛哥。你很难记住所有事情。

我记住了为中西部重写普鲁斯特

将要成为美国小说家的那位吗?
　　　　　　　　　一离开空军,
他就在那座岛上待了一年,睡了某位
　音乐家的妻子,
结果,也是,美国人。
我,当然,爱这一切。
不然一位二十五岁,
　　　　　服役,保守秘密多年的人
还可以爱上什么?
回到维罗那,军队正在找我。
违反安全规定,一份丢失的机密文件。
奇科莱拉,我们的参谋,将会告诉我的上校
　　　　　　"我们不会惩罚我们自己。"

自画像

有一条街倾斜地走进

一个广场

有一只大理石的手

有一副眼镜

一座雕像也

投下深长的影子

有人正穿过广场

被一扇门吸引钉牢

那里有一副手套

盐

心怀疑虑，通常该当如此；一剂泻药；一个调味品；让食物生动，辛辣；一种防腐剂；创造出一个错觉；被储存起来了……哦，种种定义，持有——徒劳无功——我们的黑手……流苏，流苏……这些词来了，这些词来了，辟出道路像露珠在世界湿漉漉的伤口上，哦盐！

重　聚

一天已然将自己从其他一切未来中分离出来。
它把我的照片装进它柔软的口袋里。
它想把我的呼吸带回到过去的夸夸其谈中。

我写诗来打开自己,来忏悔和消失,
通过事物的右上角,去祈祷。

那只右手的坟墓

它位于美国西部
几乎已被遗忘。没有石碑
来纪念这个地点,
连必要也没有。那里所希望的
所期待的,已然钙化,
游客将不会去辨识;
或——辨认一下——在意的话。

这类指路的地标
(那种奇怪的岩石,清晨那些
头盖骨般的阴云)现在都已四散,
或者已被侵蚀殆尽。而小径

经受我们的逾越,那些曾存在过的
小路,似乎,仅仅只为
将我们带到那里,也已消失、杂草丛生。
没有什么能轻易找到……

然而你是否该坚持,是否该
靠近?今夜,在地之角,
你将会发现破碎风景上的这些话:

"这是那只右手的坟墓:
是入口,也是愁苦。"

库什涅尔诗选

Алекса́ндр Семёнович Ку́шнер

[俄罗斯]亚历山大·谢苗诺维奇·库什涅尔

刘文飞 译

【诗人简介】

亚历山大·谢苗诺维奇·库什涅尔（Алекса́ндр Семёнович Ку́шнер），生于1936年9月14日，毕业于列宁格勒赫尔岑师范学院语文系，20世纪50—60年代开始诗歌创作，1992年起担任著名的"诗人丛书"主编。在长达50余年的诗歌创作生涯中，诗人共出版了50余部诗集和文集，其中包括《第一印象》（1962）、《守夜人》（1966）、《书信》（1974）、《声音》（1978）、《白天的梦》（1986）、《记忆》（1989）、《夜间的音乐》（1991）、《雪中的阿波罗》（1991）、《四十年诗选》（2000）、《浪与石：诗与散文》（2003）、《时间不做选择：五十年诗选》（2007）、《傍晚的光》（2013）、《古希腊罗马主题》（2014）等。库什涅尔的诗已被译为十几种外语，诗人也先后获得许多重要的诗歌和文学奖项，如俄罗斯国家奖（1995）、北方帕尔米拉奖（1995）、《新世界》杂志奖（1997）、普希金奖（2001）、皇村文学奖（2004）、俄罗斯国家诗人奖（2005）、年度最佳图书奖（诗歌类，2011）、"波罗的海之星"奖（2013）等。他创办了彼得堡著名的诗人团体"力托"（ЛИТО）。库什涅尔现已被公认为俄罗斯当今最重要的诗人之一。

夜间的逃亡

我醒来。什么力量
让我离开床板?
窗外的土地散发不安,
树叶在半空腐烂。

全都在逃。橡树气喘吁吁,
对着喧嚣杨树的后脑勺。
灌木逃得最快,
沿着黑暗的田地和坡道。

伸出胳膊弓着背,
野草也在逃跑。
森林滚下山冈,
差点儿摔倒。

山脉在逃。花的逃跑
密实而又浓稠。
乌云在逃,像是逃离

法国大师们[1]的画布。

倾塌的房屋在逃,
像沉没的小舟。
黑暗的波浪在逃,
夜也在逃走。

一棵橡树像疯骑手,
急速逃出胡同:
"都在逃跑,你还
守在窗边,站着不走?"

比疲惫的马还要疲惫,
夜在艰难地喘息。
心灵离我而去,
就像是个疯子。

---

1. "法国大师们"指巴比松画派的风景画家。——原注

不做被爱的人

不做被爱的人！上帝！
做不幸的人多么幸福！
在小雨中走回家，
脸色绯红，不知所措。

安宁是怎样的痛苦，
咬着嘴唇静坐，
一天死亡十次，
自己与自己交流。

疯狂是怎样的生活！
像幽灵在房间徘徊！
一连数月等不到书信，
这该是怎样的幸福。

谁说世界就在脚下，
含着眼泪赞同一切？
世界冷漠而又残忍。

然而它的确很美。

我该如何对付我的痛苦?
睡吧,夜里蒙头大睡。
别怕,当我不再幸福,
我也不会再继续爱你!

我们称作灵魂的东西

我们称作灵魂的东西,
像云一样飘浮,
在夜的黑暗闪烁,
任性而又顽固,
或像一架飞机,
细过一枚大头针,
在高空校对我们的生活,
突然带来许多修正。

与鸟儿等高,
在蓝色的空中闪亮,
在火中不会燃烧,
在雨中不会泡胀,
没有它就无法呼吸,
无法将傻瓜原谅;
我们死去的时候,
应当归还最好的灵魂。

为了这一切,
我们甘愿付出努力,
如若诚实地面对,
它将给我们荣誉。
这的确美好,
无止境的旧派头,
乌云,燕子,灵魂!
我被束缚,你却自由。

你披着雨衣回家

你披着雨衣回家,
擦去脸上的雨水:
生命依旧神秘吗?
依旧很是神秘。

不需要各种幽灵,
生命已足够隐秘。
哦,生命的散文更奇特,
比一切都更神秘。

我珍重生命的大计,
粗糙,鸡皮疙瘩,
其中可见缺陷,
像透过高倍显微镜。

生物学家会说,
调焦距时目不转睛:
"我不知我们是否有,

但细胞肯定有灵魂。"

他致力揭开秘密,
这让他有些羞怯。
就是说,生命可以继续,
依旧很是神秘。

你手上沾着白粉回家,
像是抬起手臂,
举起这个黑夜,
举起这石头大门。

大理石和花岗岩
教育我们别回忆屈辱,
别记住树叶飞落,
落向女神像的基座。

世界似在摇晃,抓住!

她们已做出决定,
拂去脸上的落叶,
让生命更加神秘?

我看着窗外夜空的云

我看着窗外夜空的云,
拉开阴沉的窗帘。
我幸福过,也怕死过。
现在也怕,但不似当年。

死去,就是在风中喧嚣,
伴着眼神黯淡的枫树。
死去,就是像轻尘
飘落某家的小院。

死去,就是砸开最硬的核桃,
弄清原因和动机。
死去,就是做所有人的同辈,
除了那些健在的人。

九月抡起宽大的扫帚

九月抡起宽大的扫帚,

扫去甲虫、蜘蛛和透明的蛛网,

扫去负伤的蝴蝶,干瘪的黄蜂,

扫去翅膀折断的蜻蜓,

它们圆圆的透镜和眼镜,

鳞片、躯干和薄粉层,

毫毛、细爪和小嘴巴,

以及脸上的其他器官。

九月抡起宽大的扫帚,

扫去角质的垃圾,镶花边的盛装,

像芭蕾温室的主人缓过神来,

吹走了他的跳舞姑娘。

九月在院子里抡起扫帚,

扫去袖口、纽扣、雨衣和折扇,

扫去幸福的希望和夏装,

扫过田野和河流,扫进黑暗。

再见,我的欢乐!黄蜂的墓地见,
甲虫和蟪虫的坟场见,
直到阴曹地府,到干枯的泪,
到鲜花暗淡的极乐世界!

清晨的穿堂风

清晨的穿堂风鼓动窗帘,
塑造一尊又一尊雕像。
我喜欢这雕塑巨人的世界,
喜欢这些轻轻的声响。

肩膀或膝盖被亚麻布俘虏,
似乎有人在奋力搏斗,
他想摆脱束缚冲进房间,
却无力撕开皱褶和薄布。

这些不幸的瞎眼巨人啊,
整个清晨都在徒劳地鼓包,
他们倒下,重新跪起,
死死地抠住把手和窗框。

哦,充气的帕加马祭坛[1]!

---

1. 帕加马祭坛,于公元前 2 世纪建于小亚细亚帕加马城,其基座上的浮雕描绘巨人与奥林匹斯十二主神的战斗,被称为"巨人战役",该祭坛遗址经发掘和修复,现藏于帕加马博物馆。

不必去采石场寻觅大理石；
整个清晨，他们在相互塑造，
相互抬举和嘱咐：要记住。

整个清晨，惺忪的你很惬意，
在慈悲的夜治愈了创伤，
可窗帘外，像变形的圆柱，
巨人们仍在缠斗、争论和死亡。

夜蝴蝶

上衣无生命地搭在椅背。
夜蝴蝶在衣领上入睡。
光照见它,它疲惫地安眠。
梦折磨它,它张开两翼。
您叫它不醒,它太累。
它的花纹用黄丝线缝成。

它觉得夜间的光是庇护,
像窗帘,但带有紫色的流苏。
裹着光的外衣,它已安心。
它梦见有人沉睡的房间,
黑暗残忍又神奇地覆盖一切,
它盯着无助的人,目不转睛。

我点亮露台的灯

我点亮露台的灯,
远远地就能看见我,
就像枯枝上的乌鸦,
就像海中的灯塔。

这时我才明白,
这时我才充分领悟,
我们头顶的那颗星,
夜晚会有怎样的感受。

处于这样的位置,
真有点不大舒服。
我说我像星星,像灯塔,
内心却害怕成为靶心。

夜色朝我袭来,
像一只金色的昆虫,
我在心底赞叹

它那陌生的面容。

鸟在林子里张望,
路人在遥远的路上张望,
我的心还感到一种眼神,
我的理智也是同样。

抱歉,神奇的巴比伦

抱歉,神奇的巴比伦。
那冲天的巨塔,
像随意卷起的纸。
你是我们陈旧的梦。
我记得你的绞盘和旗帜。

报纸和笔记本等,
都值得我卷成筒,
就像出现一种诱惑,
追忆你巨大的躯体,
把你的各种语言混合。

我看着窗外的白雪。
世纪覆盖着世纪。
我们在终端还是在中间?
人多么高傲,多么渺小!
唉,他源自黏土和血液。

他流汗，滚烫，他活着。
他无论如何也跳不出
他那圆形的剧场。
他脑袋紧贴枕头，
他想活，但是必须死亡。

死后的生活不如现世的生活

死后的生活不如现世的生活,
就是说,古希腊人活得很苦。
海浪追赶着战船,
桨手像豆荚中的豌豆。

用力划桨,不怕辛劳,
我们到港口,你能歇歇腰身。
冥界里光照不足,
明暗之间看不清面容。

我不知面对哪个民族,
阳光照耀,鸟儿歌唱,
暗淡的死后生活的背面,
就像细缝一样!

在冥界失去力量与火。
阿喀琉斯对奥德修斯说,
尘世的生活甚好,

即便打短工在田里赶牛。

我该信谁,信那位英雄,
还是越过死亡界限的人?
死过的人看到金色微光的国度,
此世就像是拥挤的客厅。

卡普林斯基诗选

Jaan Kaplinski

[爱沙尼亚] 扬·卡普林斯基

范静哗 译

【诗人简介】

扬·卡普林斯基（Jaan Kaplinski，1941—2021），中文名凯普林。爱沙尼亚诗人、翻译家、哲学家、文化批评学者。1941年出生于塔尔图县，并在那里读大学。母亲是爱沙尼亚人，父亲是波兰人，父亲死于苏联的劳改营。卡普林斯基大学时专修语言和语言学，法语语音学专业毕业，他深受东方宗教尤其是道家思想和佛教影响。他的作品包括多部诗集、散文集、论文集和译作，论文主题涉及环境、语言哲学、中国古典诗歌、佛教以及爱沙尼亚民粹主义，译作原文包括法语、英语、西班牙语、中文以及瑞典语。诗人还曾在1992—1995年当选为国会议员，主小行星带中的29528号小行星以他命名。2016年获得欧洲文学奖，同时被提名诺贝尔文学奖，扬·卡普林斯基是爱沙尼亚国家文化的偶像级人物。

东方、西方,边界总游移不定……

东方、西方,边界总游移不定,
有时东移,有时西移,我们
不知道刚才那会儿边界到底在哪儿:
高加米拉,乌拉尔山脉,或是我们本身,
因此耳朵、眼睛、手、脚、鼻孔、
肺叶、睾丸或卵巢,有一只在一边,
另有一只在另一边。只有心,
也唯有心,总在一边:
我们向北看,心就在西方;
我们向南看,心就在东方;
而嘴不知道该替哪一边说话,
或者两边都要顾及。

无，穿透一切，有，满是宁静……

无，穿透一切，有，满是宁静。
你对老子的译解可能对，也可能错——
今天，打开的书在说话，如展开的蝴蝶，
而花粉中，运动遇到静止，也是这样。
春风吹拂我们的头发与衣裳。
我若说话，便是因为那份慰藉远远超出
我们的期待：水从各处涌来，
帐篷顶在拉普兰地区清朗的夜晚飞逸，
项链坠落、摔碎：片语、生命和智慧。
所以就是这样了，这就是你。眼睛
在白云间融化，这就是爱，是爱把我们
从方格纸中剪出来，让那把火温暖我们，
让雨穿透我们，直到大地与我们之间
最后的界线消失不见。这就是爱：树的叶子
以及光，正如我们自己，都满载了无限。
我们应该存在，我们应该存在为不在，
我们应该守持那不属于任何人的状态。

一切都里朝外,一切都很不同……

一切都里朝外,一切都很不同——
无色、无名、无音——
头顶的天是斧头的锋刃。没人知道
镜子般映出星星与银河的,是一把斧头。
只有有爱的人才能看到,并保持沉默,
而天空里镜子桨叶松脱,落向我们,
穿过我们的身体,一种黑星空的黑暗
落进一种更黑的黑暗,什么都阻挡不了。
无论我们怎么回头,黑暗一直坠落,
击中我们,使得我们身首分离。
深渊的声音如云朵升起,穿透我们。
双子星在我们头顶:一颗明亮,一颗昏暗。
其他的一切只是无限的空与远,
尘粒绕着一座黑暗的教堂旋转,其他的一切
只是一件黑披肩,精致的陈火也在那写出我们的名字。

睡眠盖着我们,一个人嫌多,两个人嫌少……

睡眠盖着我们,一个人嫌多,两个人嫌少。
你的光脚趾露出来,抵抗着这个冬夜。
红狐在山里奔走,犹如火焰,
五声音阶:你的小手指真的很小,
你轻闭的眼帘上,中拇哥和大拇哥
来回滑动,进入了童话故事。

较久的将来某一天,我会回忆起那片河岸,
从梦中之死后,在你身边醒来。
断裂残损的树木、船只的碎片,
还有十字架,为逝者而立,他们或许已经到来。
床单将会滑过我们身体一次。眼睛会僵直一次,
而一座公坟会把兄弟们收走。如果然后,也,
如果然后,也,再然后呢?为什么,是什么,爱人?

没有人能再将我组合起来了……

没有人能再将我组合起来了
抚弄着断弦而你以为那或许是另外什么东西
所有的细胞与鳞片都沉默无语,随时都能回答
那些看透并穿透我们、物体、田野、光线的问题
维系那些问题的,除了真理、空洞言辞、海洋,并无他物
而我们在其中成形,一根根骨头、一个个细胞、一个个音
　节地拼成
那个夜夜写诗的人是我吗
腰酸背痛、头发灰白,想着你的名字,所有的念想都是你
而你来到我的房间站在我眼中、在我身体中
你的手那么温暖,汗津津的、最令人爱的
双手拂去旧信件上的灰尘,让我们知道
我们曾经存在、我们已经死去、我们生于那些幽暗的人
如今他们少有言语,却有那么多沉重的墓碑
让我们知道长眠的人会在灰烬和碎骨中获得安宁,你在想
　什么
以童话的钥匙打开海角之门的女孩,在想什么
向我要巨石的掌纹,亲爱的
你在想什么,在烛光下抚弄着我的断指

我们总会将童年再过一次……

我们总会将童年再过一次。
即便那样,我们也不愿童年回来。
我也一样。在每一场去年之前的记忆中
都有某种忧伤和压抑,或许是
战争和压迫的阴影,很难
乃至几乎不可能解脱,还有
一些若有若无的悲伤。我想,也只是
作为人时,我才能感受到快乐,也只有这时,
我才落笔书写,那迷雾以及那些阴影
才会消散。甚至在记忆中,
必不可少的东西也都生来纯净:
空气、水、大地、树木以及房屋,
城郊街道上陈旧的石板路,
无论是以混凝土浇筑还是切割自天然的石板。
眼睛或脚跟的感觉都不曾忘记它们,
而我再次看到时,它们那么冷漠、柔软,
行人已将它们踏得更加陷入斜坡,
因此带着小孩推车或拐杖

已很难在贾玛、利瓦

或塔特维勒的街上行走。

这些路最终会怎么？是否会有人

将它们再恢复平坦，

或者铺上柏油，以便车轮

更平滑地碾过

我们童年的小路与记忆？

有时我清晰地看见事物敞开……

有时我清晰地看见事物敞开。
茶壶不带盖子,小马不加鞍子。
黑马奔腾,驶出记忆,
马背上载着少年,疾驰穿过
空阔的草原、缭绕的雾气。
我们朦胧看见雾中独立的
座座山峰……我也来自那里。
我身上也有你的某些东西,先辈们,
阿姆拉特、艾哈迈德、托赫塔什,也有某些东西
属于你们这些奔跑于无边原野的鞑靼黑马。
我也一样不喜欢回到
别人活过的生活、熄灭了的篝火,
或者一种被人想过已经入诗的念头。
我内心一样燃烧着深入大西洋的渴望,
抵达那些边界,一直消失、冲破,
而那后面的黑马一再
从记忆与草原中奔腾而出,
满鼻西风,从遥迢的远方
带来大海和雨水的湿味。

一次收到斐济寄来的明信片……

一次收到斐济寄来的明信片,
是一张收割甘蔗的照片。之后我意识到
其实那照片并没什么奇异的。
在我们穆提库的菜园里挖土豆与在维提岛
收割甘蔗,并无不同。
存在的万物都非常平常,
或者,既非平常又非奇异。
远方之土与异邦之人都是梦幻一场,
睁着眼做的梦,
有人无法从中醒来。
诗,也是如此——从远处看,
它那么神秘、欢欣、与众不同。
不,诗歌甚至比
甘蔗园或土豆地更加平常。
诗,就像锯子下散落的锯末,
或者刨子上卷起的黄亮亮的刨花。
诗,就是在夜晚时洗手,
或者一块干净的手帕,我那已过世的
阿姨从不忘记把它放进我的衣袋。

我和小儿一道回家……

我和小儿一道回家。
已是黄昏。年幼的月亮
伫立在西天,不远处,
一颗孤星。我指给小儿看,
对他说应该怎么和月亮打招呼,
又说那颗星是月亮的仆人。
快到家时,他说
月亮真远,就像
我们去的那个地方那么远。
我告诉他,月亮要远得多,
算起来:假如每天走
十公里,那将需要差不多
一百年才能走到月亮。
但这可不是他想听到的话。
路已经几乎干了。
小河在湿地上铺开;野鸭和别的水禽
一起等待黑夜。雪的冰壳在脚下
发出脆响——气温

肯定又降到了冰点。所有房屋的窗户
都暗了。只有我们的厨房
还亮着一盏灯。烟囱旁是明净的月亮，
月亮旁，一颗孤星。

我的小女儿双手齐上……

我的小女儿双手齐上,把白色的
锯屑,撒在白色的桦树皮上。
风从西南刮来。一切
突然间便都充满了这样的风
和这样的秋意,似乎云的运行
终于推动起至今从未动过的什么东西,
它之前只是开过花、茂盛过、葱绿过。
这清晰无处不在,以至于遗忘无处可去。
刺檗的血浆果结在荆棘枝梢。
谷仓门边的荨麻已经泛黄。
但白桦树皮还有锯子下那新鲜的锯末
在我女儿的小手心里,
突然显得比之前更白、更干净。

一只花斑猫独坐在……

一只花斑猫

独坐在收割过的田地中央,

等着什么,也许在等老鼠,

也许在等黑暗。我们都在等着

下雨。云朵来了又去,

早晨下了毛毛雨,然后风起,

狂刮到中午,把残存的

一丝湿气吹干了。全村人

都在抱怨,牲口已几乎没东西可吃。

时间向两边横移,看着这片

空空的大地,温暖的

南风扫过,秃鹫

尖啸。不再是夏天。还不到秋。

庄稼收割了,老鼠……

庄稼收割了,老鼠都在从田里
窜到农舍,猫头鹰随之而来。
有时,它们在傍晚时彼此呼唤,
从园子一角到另一角。我发现
青草里有一只断了翅膀的蝴蝶——
再也不能飞。有一天夜里我出去
小便时,第一次看到银河。一只星鸦
在榛子树篱中尖叫——坚果熟了;
黄蜂弃置了巢,飞舞着,
贪食着,偷偷溜进蜂箱,
钻进果酱罐,扎入熟过头的苹果;
螳螂在草叶和树上拉着锯子,
越来越大声,夏天忧伤,
因为它知道自己最后的琴弦就要断了。

洗洗刷刷怎么也做不完……

洗洗刷刷怎么也做不完。

炉子总是热不起来。

书总是没读。

生活总不能完满。

生活就像一只球,必须不停地

抛去接来,才不至于落地。

篱笆的一头刚修好,

另一头又塌了。屋顶漏雨,

厨房门关不上,墙基裂了缝,

小孩裤子的膝盖总是破的……

不能什么事都记在心里。美妙的是

这一切除外,人们还是能注意到

春天,充盈着每样东西,

向各个方向生长——融进晚霞,

融入红翅鸟的鸣叫,

融进草坪上每片草叶上的露珠,

融入眼睛所及的黄昏深处。

我原本可以说：我从巴士上下来……

我原本可以说：我从巴士上下来。

我站在尘土飞扬的路边，

一棵小枫树和一些犬蔷薇长在那儿。

但真实情形是，我跳进了一片寂静，

没有陆地，没有可以落脚的表面。

寂静从四周涌向我头脑：

我看着刚才的巴士离去，

而我陷得越来越深，

只听到自己的心跳，

随着它的节奏，我看到我自身的街道

带着它尽人皆知的种种招牌闪过：

幽谷百合、林木贼、

即将开花的酢浆草，

以及覆盖着一层褐色流波的蚁丘——

那憧憧的蚂蚁。巨松。巨杉。

岩柱。沙洞。壁炉。

还有很多回忆。寂静，内海，——

我还能为你报出什么别的名字？

要多写。要多说。给谁呢……

要多写。要多说。给谁呢?
要怎么做?为什么?有什么意义?用不了
多久,我们可能就被迫沉默。用不了
多久,我们可能就被迫说得越来
越大声。谁知道。但是一直
未能说出的,却永远是最重要的:
这个小男人,这个孩子,这个
孩子的言语、想法和神情
深深印在你内心,你必须守护,
必须捍卫、珍惜。
有它,你才懂得如何说话,
有它,你才学会如何沉默,
在必要的时候。

诗是青翠的——在春天……

诗是青翠的——在春天,
诞生于每一颗雨滴,每一道
落在地上的阳光。
从早晨到傍晚,
或在一本书的一页,
我们有多少空间能留给它们?
而现在,秋天,乌云
从我们上方低低滑过
高压线塔以及趁着黄昏在那里
打瞌睡的乌鸦,因为
几乎已不是白天了,而黑夜
就是两根长长的黑手指,抓住白昼,
把我们紧紧掐住,让我们几乎没有
呼吸或思考的空间。我写出的一切,
都是顶着这种一再降临的
重量,它来了又来,想要
把我们抛进睡眠深处,
抛进腐败的落叶与根的梦中,

进入大地本身的梦，

那里隐藏着我们所有未想过的想法、未写出的诗。

安德烈·维尔泰诗选

André Velter

[法国] 安德烈·维尔泰

宇 舒 译

【诗人简介】

安德烈·维尔泰（André Velter），法国诗人、散文家、电台主持人。1945年出生于法国阿登高地小城锡尼拉拜。维尔泰是法国伽利玛出版社"诗歌丛书"主编、法国文化电台"谈诗歌"节目主持人、《世界报》文化专栏作家。曾获得龚古尔诗歌奖（1996）等重要法语诗歌奖项。他曾长期在阿富汗、印度、尼泊尔、中国西藏等地居住，心仪道家思想，喜爱李白、杜甫、王维、苏东坡的诗歌。他认为，东方哲学对法国诗坛有重要影响。维尔泰著作等身，除散文集外，已出版十几部诗集，包括《爱莎》《地狱与花朵》《黑猫的诗人》《独树》《从恒河到桑给巴尔》《爱与战争之歌：阿富汗妇女诗选》和《马背上的吉普赛人和更多未知的人》等。

大爆发

——致雷蒙德·韦雷

我们闭门不出
却并未完结
没人能禁止我们骄傲
比肌肉,和说话

对外界封闭
内在自由
在拯救者的袭击之下:

我们身上竖立起
拥有灵魂力量的山峰

因为豁口就在上面
越狱的可能就在上面
那里,事物必死的
过程,或将逆转

随着自我飞升

人们所见愈清

死后的继续存在成为必然

如同一种高处的生活

那里，一切都是神秘的

反叛的，明亮的或愤怒的

所有一切更宽广

和鲜活了！

同时有：

想要饮尽太阳的

伊卡洛斯的愤怒

阿维拉之夜里

特雷莎的沉迷

地心之上

苦行僧的舞蹈

贴在曼德拉之墙上

所向披靡的诗篇……

听,现在它在歌唱

在上升

在呼吸

在变成食粮

一场大爆发的食粮

大 帆

——致 Z

大白天里
黎明突然来临，
秘密一般的黎明。
死者到处传播的秘密，
既不想要声音，也不
想要沉默的秘密，

这秘密，丝毫不想被熟知，
被希望，被想象，被束缚：

有着大帆的船
被神奇的云推着，
在航线、标记和地图之外，
在地平线、航标和海之外，
在一切参照之外，

比我们遥远的岛屿更远……

一缕光线降临
照亮了一整夜,
独一无二的一缕光
在宇宙的大车里,
这大车,只拉着
无处安放的迁徙,

沙的迁徙,灰的迁徙,
尚未出生的鸟的迁徙。

干燥的,肥沃的尘埃,
翅膀,拍打着不可知的,
始料未及的,
在其他天空、其他风、
其他永恒的游乐园里,
一直到这已解除的警报点,

只为对抗遗忘。

大　道

今天将要

或不如说已经

以第一人称讲述,

立于山脊线之上,

全凭运气和预言。

所以

我要去当

混乱重力的排雷器,

撬门盗窃被判决时光的人,

凝视着闷闷不乐的时光,

带着眼底

金色和蓝色编织的

一盎司的这种坚韧

我要去当:

重新建立联系的宝藏,

存在的宝藏（这存在，

依凭本能和一见钟情），

当无名小辈突然停止

相信自己是走钢丝的人。

所以

我要去，

当发现深渊必须攀爬，

而这是在高空

深挖，

更加触及痛处，

就像在萨尔桑的矿山中一样，

青金石曾经

由裸露的双手出土……

我脑中仍有这块蔚蓝之石，

但在这里，绝对是在这里，现在，
即使受限，一动不动
聚集了骨头和梦想，
聚集了汗水和血液，
凝聚着心力与勇气，

我将我的隐居地遣返回来，
重新收集我的咒语，
放开我的视野，

为对抗恐惧，我敞开
伟大的护符之路。

在斜坡上

精神的瘟疫,
加速出现并捕获那个
不务正业
到处漫游的人,

精神的瘟疫,
这是我的,完全是我的,
我必须承受
一整夜如此充满焦虑。

那是我上了挂锁、僵硬、迟钝的身体,
只是自己的猎物,
捕食黑狼,
一个我不认识的恶魔。

它,和我,
无法扭转
浑浊的思想,

病态的情绪,

无法敲打那堵阴森的墙,
这墙卡住了我的胸部,
在所有症状的边缘。

在我身上,
这逃脱的背叛
来自怎样的思维泥潭,
怎样的崩溃,
怎样的可怕记忆?

那天晚上恐怖的天空
只是从我身上散发出来的,
仅仅从我身上,
一切都陷入了困境:

我节日前夜的愿望

看起来像是假的,

没什么能让我开心,
甚至做出这糟糕修改的
决定……

一线青天
只在黎明时见到,
当我的身体和我旁边的身体

在突如其来的庇护,
一种至高无上的庇护下,
合二为一时。

这庇护,拥有充满爱意的力量,
能让虚无的浪潮消失,
能从皮肤的花朵中
创造出新近觉醒的微妙肉体。

全　部

如此不可能的体验：
第一次，我感觉
我与自己产生了联结。

呼吸，沉默，解开心结，
我既不是主祭也不是圣体
但橘子、茉莉、牛至却像是圣体；

在这个世界之外的，是整个宇宙。

拉 加[1]

第一缕阳光和
最后一颗星星的时刻,

被词语和音乐
切切实实抚触的时刻,

那是你的歌声
遇到了光。

生命活力之诗!

---

1. 拉加,印度传统音乐中的旋律类型。

印度长围巾

一不小心,
反射性地,或无意识地
求助于旧日温柔,

我系在脖子上,
一条薄纱的印度长围巾,
人们走过时能看到。

立即,马纳利,贝纳勒斯,贾沙梅尔[1],
我记忆中如此被宠爱的疆界
来到我们的幽闭中,触动了我。

如此深情,轻柔的拥抱,
大地和天空突然
只是一个美丽的码头。

---

1. 马纳利,贝纳勒斯,贾沙梅尔都是印度地名。

南面的山坡

那里,高处,下雪了,
大约在午夜,
我没睡觉。

下雪了,
白色的上面是白色,
在一块石头的地毯上。

下雪了,
在这没有日历的
四月的失眠中。

下雪了,
幻觉的安息日
不停歇。

旺度[1]的南坡。

---

1. 旺度,即旺度山(Mont Ventoux),是普罗旺斯山区最巨大的山岳。

也

面对无形的墙,
我的身体处于工作状态,

由它将俄耳甫斯放出地狱,

以及违反神话中的规定
放出所有的欧律狄克。

阎罗王

一动不动,我在
奥义的飞毯上,移到更远。

最初的矛盾修辞法则
使一切动起来。

更 深

走在我之前的节奏
将门一扇扇打开,

迟钝春天的大门
在罂粟花之间航行,
寻找起飞的钥匙,

门声震屋宇,
等待着寓言或梦想……

沉默的大筛子筛过之后,
只有这节奏
更深地,让我的才思畅通,
让它重新泉涌。

听自己说得太多,我听得很不清楚:

我选择在一个雇佣军队长的

战斗中，自娱自乐，
逃走之前，
扮演边缘的孩子，

因为那节奏就在那里，
在地平线范围内，
有着彩虹的频率，

我的节奏，哦，怎样被调停和解，
从远方，被遣返回国，
沙漠，海洋
和巨大荒原，让它口渴。

在那些地方，我们流亡
从一个不存在的国家。

诺德布兰德诗选

Henrik Nordbrandt

［丹麦］亨里克·诺德布兰德

柳向阳 译

【诗人简介】

亨里克·诺德布兰德（Henrik Nordbrandt, 1945—2023），丹麦诗人、小说家、散文家。出生于哥本哈根近郊。诗人自20世纪60年代起主要生活在土耳其、希腊和西班牙等地中海国家，远离他所说的黑暗、寒冷而平庸的丹麦30年。晚年返回哥本哈根居住。1966年出版第一部诗集《诗》，至今出版诗集30部，另著有犯罪小说、童书、自传和一本土耳其烹饪书。1980年获丹麦文学院奖，1990年获瑞典学院北欧文学奖，2000年凭诗集《梦之桥》获得北欧最高文学奖北欧理事会文学奖。2014年成为丹麦文学院院士。诗人于2023年1月13日离世。该小辑诗作据英译译出。

无论我们去哪里

无论我们去哪里,我们总是到得太迟,
无法体验到那些我们出发去寻找的。
无论我们停留在哪座城市,总是在
那些太迟了以致回不去的房子里,
在太迟了无以度过一个月光之夜的花园里。
还有那些女人,她们难以捉摸的样子,
让我们心神不宁,想爱她们也已太迟。

无论哪条我们以为自己熟悉的街道
都带我们错过了我们正搜寻的那些花园——
那里馥郁的花香溢满街区。
无论哪所我们要返回的房屋,深夜里
我们都到得太迟以致无人能把我们认出。
无论在哪条河里我们细看自己的倒影
都只在转过身去时我们才能看见自己。

果仁蜜饼

在雅典,在伊斯坦布尔,我感到不安,
在贝鲁特也一样。那里的人们
似乎知道有关我的一些事
而我自己从不曾知晓,
那是些诱人而危险的事,
就像去夏我们潜水进去寻找
双耳陶罐的那片被淹没的墓场,
一个秘密——半被察知。
当被街头小贩们的匆匆一瞥触动,
突然间我痛苦地意识到
自己的骨骼。就好像
孩子们向我捧出的那些金币
是昨夜偷自我的墓地。
就好像为了够得到金币
他们随意地踩碎了我头颅里的
每块骨头。就好像
我刚刚吃的糕点
是因为我自己的血而变甜。

内 战

月亮找不到什么

来照耀其上。

白涂料从房屋上片片剥落。

河床干涸。

年轻的寡妇已忘却

如何张望。

航 行

相爱之后,我们贴身躺在一起
同时仍有距离在我们之间,
像两只航船如此热切地享受
他们劈开幽暗之水的自己的线条,
他们的船体
几乎正从纯粹的喜悦中迸裂出来,
当全速行进,在碧蓝中,在
夜风以花香氤氲的空气
和月光涨满的风帆下
——他们中谁都没有
试图超过另一方,
他们之间的距离亦没有
丝毫的增或减。

但还有其他夜晚,我们漂流
像两艘灯火通明的豪华邮轮
并排停着,
引擎关闭,在陌生的星座下,

船上没有一个乘客：
每个甲板上都有一支小提琴乐队在演奏
以致敬明亮的波涛。
大海里满是被厌弃的旧船，
那是我们在抵达对方的努力中沉没的。

给内瓦尔

我的生命也已变得像一只龙虾,
是的,一只龙虾。
我用根绳子拴着它去散步,
因为它不吠叫
而且知道深处的秘密。
我知道我是谁,
因为龙虾是我的一部分
而龙虾知道它是一只龙虾,
因为我用根绳子拴着它。
而且我把人
分为四类:
那些只看见龙虾的、
那些假装没看见龙虾的、
那些把龙虾叫作狗的
和那些看着我
仿佛根本没看见龙虾的。

幼发拉底河

还有那些在屋顶平台上走动
在月光中晾晒床单的人,包裹在
干净的亚麻布香味里,他们一定想过

在这样的夜晚,在开花的苹果树间
某处必定有一根别针
把万物联结在一起,不让它们飞散,

他们也一定感到了那痛苦:知道人无法说出
那种特别技艺,总焦灼如焚于要被创造出来,
而一旦造出,便会灼烧它的创造者的手指。

惩罚之梦

规则严厉,惩罚更令人生畏:
梦见牛的,要罚三天
在一个日光暴晒的采石场艰辛劳作,
梦见马的,五天。

凡是梦见湖边白塔的,无论是谁,
必须从塔上跳下
绕湖跑上十二圈。

诸如此类,花样百出。

性是闻所未闻。任何人做了
都要被囚禁在一个叫"机器厅"的地方,
那地方我一点儿都不记得,
所以必定是更为严禁。

有轨电车奔跑不停,
总是车灯晃眼,车铃丁丁。

它们有些像警卫,

虽然一个人先想到的是天使。

但那样说意味着砍脑袋。

最严重的是他们所称的"知识":

规则和惩罚能如此精确地

互换,以至痛苦的光临

总是恰好在

当一个人忆起上次曾经如何。

卡尔杜齐[1]

诗人卡尔杜齐,他的作品我不曾读过,
关于他,我只知道他已死去,
生前住在我斜对角的房子里。
夜里,伴着河水的轰鸣,
我的梦中填满了意大利诗节。
到了早晨,全都消失无踪。
我无法做任何事,无法写一行诗,
只能不安地走来走去,清理
越来越乱的一团乱麻,
仿佛每天都有好几个人在活动,
虽然我是独自一人。此刻,
填满我的梦的,都是无调性的诗节:
伴着喇叭、铃铛、市场噪声,
它们来自你每天穿行的广场。

---

1. 卡尔杜齐,指乔祖埃·卡尔杜齐(Giosue Carducci, 1835—1907),意大利诗人、文艺批评家。主要作品有诗集《青春诗》,长诗《撒旦颂》,专著《意大利民族文学的发展》等。1906年获诺贝尔文学奖。

到了早晨,我仍然记得它们。
但当我看着你,我开始认为:
那是卡尔杜齐对另一个人的爱,
我在重温它;是他的疯狂,我在遭受;
是他未写出的诗,我正在写。
如果这是真的,那么我爱他
为了我已经用我的眼睛看见了
环绕你的几乎不可见的光——
带着也许只有死者才有的那种渴望。

光　年

白天，太阳把你的阴影
投进我的生活。
夜里，是秋天的月亮所投。
前者伤害我更多。
而后者，伤害我更深。

但是来自不复存在的星星的光
投下的阴影
却为我所爱：
身后带着许多光年的它
最为接近你，

接近你最细微动作的本质。

汤　碗

　　我在黑暗中停下，点上一根烟。从森林边缘的一个窗口，光亮溢了出来，照着积满秋雨的车辙。我让寒冷渗透我的衣物，那时我发现自己正窥视一个女人，以她被餐桌前一面椭圆形镜子捕获的方式，她正捧着一只热气腾腾的白瓷汤碗。她专注地凝视前方，尽可能越过自己在镜中的形象。我喜欢这样想：当她把汤放在桌上时，我还能听见她的叹息声，还能看到、闻到饺子和表面浮着的珍珠般的油脂的香气。我并不相信我可能回到那个地方，或回到任何哪怕类似的地方。

绞刑吏的悲叹

对一个盗贼怎么处置?
你绞死他,当然。
你在广场上绞死他,
任他挂在绳子上
直到被太阳晒焦,
皮肉从骨头上脱落。

但其他盗贼会偷走骨头,
把它们带到山里。
当小村里灯火亮起,
他们会告诉我们
他们又从我们这里得了手
——不啻于抢劫了两次。

怒气冲冲,我们从窗户
扔下花盆,调料罐,
撒下白云般的面粉,
用工具打碎木箱。

我们敲碎镜子,

撬起地板,

想弄清楚他们偷了什么。

那时我们听到一阵胜利的叫喊。

从四面八方我们一路奔跑

到广场。

盗贼已经偷走它的一角。

我们绞死更多盗贼。

其他盗贼

从我们这里偷走他们的骨头。

他们偷走广场的一角,

然后整个广场,

然后另一个广场。

最终他们会偷走所有的广场。

贼灯闪烁

在黑暗的山坡上。

他们的堂兄弟

和他们皮包骨的侄女们

会偷偷瞥一眼对方。

很快我们将是苦恼的少数人,

我们绞刑吏。

我们将被迫生活在

可疑的小屋里,

在小镇的边上,

我们特有的行话最终变成了

一种没人听懂的语言。

莱斯博斯[1]的玫瑰

在去往一个陌生小镇的路上
我从一位陌生女人那里得到这朵玫瑰。
——如今我已来到了这个小镇,
睡在它的床上,在它的丝柏树下打牌,
在它的小酒馆里酩酊大醉,
看着女人们来了又去,去了又来,
我不知道如何让它顺其自然。

它的香气萦绕我待过的每个地方。
而我不曾到过的所有地方,
它凋零的花瓣,片片卷曲于尘土。

---

1. 莱斯博斯(Lesbos),位于东爱琴海的希腊小岛,古希腊女诗人萨福曾在此生活。

我爱到处睡觉

我爱到处睡觉,

在陌生的房间

和陌生的女人

听着雨打屋顶,

听着香蕉树刮擦排水沟,

听着管道中水声汩汩,

隔壁房间里收音机吱吱响。

我爱听陌生的女人

突然发出陌生语言的呻吟。

我爱陌生:

每个房间都比下一个房间陌生,

每个女人都比下一个女人陌生,

月光下的庭院里,老虎低沉的咆哮。

我爱,当我倾爱

某个人,

并听着这一切，

独自在黑暗中。

水　母

海里到处是让人头痛的水母。
它们统治大海就像我们统治地球。
水母比起人类可能显得柔弱，
但依它们的原理，
人要更为柔弱。
它们死亡时你才明白这些。
水母在海滩上变干，径直消失。
但人先变硬，然后那么软，
他们一直不消失，
而他们的骨头报复那些
没有用一个吻合上他们眼睛的人。
他们用光秃秃的牙齿嘲笑我们。
人将不得不把自己变成铁，
以抵达彼此的心脏。
他们爱黑土地——它吃心脏，
黑土地——它爱白骨。
我爱白色海滩，
水母在那里的白沙上消失，

不留痕迹，像水本身，

还有矶鹬的鸣叫，大海的波浪，

轻柔地重复着自己。

库勃拉诺夫斯基诗选

Юрий Михайлович Кублановский

［俄罗斯］尤里·米哈伊洛维奇·库勃拉诺夫斯基

刘文飞 译

【诗人简介】

尤里·米哈伊洛维奇·库勃拉诺夫斯基（Юрий Михайлович Кублановский），俄罗斯诗人，1947年出生于里宾斯克市。曾任《新世界》杂志政论和诗歌部主任，现任俄罗斯作家协会双主席之一，俄罗斯东正教会牧首文学理事会委员。先后出版的诗集有：《诗选》《随着最后的太阳》《清样》《日食》《归来》《异乡》《数字》《彼得格勒记忆》《魔屋》《比日历更久》《在光年》《归途》《呼唤》《坏天气阅读》《损坏的时代》等。2003年因其"诗歌词汇的精准、语言的丰富和隐喻性"获索尔仁尼琴奖，2006年因其"对祖国文化的总体创作贡献"获普希金奖，2015年获基里尔和梅福季牧首文学奖。库勃拉诺夫斯基的诗广受好评，包括布罗茨基和索尔仁尼琴这样世界观与美学观均相去甚远的大师对他均表赞誉。在持续近半个世纪的创作过程中，库勃拉诺夫斯基的诗风有过变化，但不变的是他诗中渗透着的宗教情感，那是他既深沉又悠扬的诗歌基调。

大师与玛格丽特（选三）

> 死亡到来：彼世的相见……
> 可在新的世界他们彼此陌生。
> ——Л.

1

不可见光的两道微弱光束。
他在研究事物。
她在描画眼影。
备有糖、面包和一瓶毒酒。

地下的孩子如此生活，
完全淡忘了时间和缘由。

2

他把意义还给词语。
她的灵魂躺上

如今已是经典的物体。

夜空的压缩空气。
故乡土地富裕的荒地……

宁静的生活中有失去的滋味。

      3

她的瞳孔闪过一道猞猁的抓痕,
心脏跳得过于热乎。
他俯身于他的写字台,
半握起拳头,按摩肩部。

直到工作结束,
直到眼睛完全合上,
他俩才摆脱尘世的追捕,

拥抱着为了飞翔……

虚空在虚空中飞翔。

我的俄罗斯

我的俄罗斯!
可雨像洪水,
在十月点燃树叶的风……
我们把关于你的理想
带向肮脏的兵营,堕落的欧洲。

外国人不懂你。自己人
灾难时照例把你诽谤。
像西天雾霭中融化的落日,
杂草和废墟之上,

你即将熄灭。
可谁会相信
你那些疯女子的泪滴?
盲人们像鼹鼠在门口摸索
我们灵魂的遗体。

……俄罗斯,是你

在教堂门前叫喊,

当儿子们被从祭坛押进牢房。

他们把关于你的理想

带向星光照耀不到的地方。

致布罗茨基

心脏收缩,这一半没用的压缩
将红色中的红色送入红色,
就像
军大衣
压迫丝绸。
依偎,受寒,帝国依偎女性,
在一个团队由此得名的
救主变容
教堂旁[1]。
我们在出卖我们的沼泽夜晚、
大理石墓穴和练兵场?
风在那里歇息。
重新吸入煤烟,
彼得大帝的干刨花,
我们是否还有记忆?
我们是否……
但请忘掉这肥皂泡童话,

---

1. 布罗茨基在圣彼得堡的故居位于救主变容教堂旁。

你是否会忘记
乌鸦藏身的树的背面?
我们会死在地铁绿线,
用结霜的烂衫
温暖我们歌唱的哈欠。

不正是你许下诺言
把地图翻译成柏油路上
网状的裂纹?
但我为嘶哑的语言战斗
又抬起满是胡须的脸庞
朝向受辱的标准!
白色是指环上的布条,
当男孩成为志愿兵,
当上帝的神龛前
空无一人,
因为脸色苍白的白人
全都在

上帝背后
藏身。

蓝色,当难民
被赶到岸边,
在拜占庭的石头旁
痛苦,徘徊,
石头能用作盖利博卢墓地。
我们的蓝色,我们是鸟还是鱼,
这不重要,的确。

朋友,我问你最重要的事:
若先前的一切无法更改,
前方有什么把我们等候?
你会说,事情十分清楚,
红色,就是从红色流入红色,
在诚实地被冻僵的胸口。

我们是否……

但请忘掉这肥皂泡童话,

你是否会忘记

乌鸦藏身的树的背面?

我们会死在地铁绿线,

用结霜的烂衫

温暖我们歌唱的哈欠。

印象主义

你打开雪茄烟盒，
会有小鸟突然飞出，
它的叫声像日语，
它从画室穿过，
飞向敞开的窗户，
飞向附近花园里
盛开的樱桃树，
它说，要保护冰封的亮色，
像把稀奇的牡蛎保护。

谁能把著名的早餐
摆在忏悔的裸女脚边，
为我们赎罪，
在耶稣再临之前，
谁能着斜纹布衬衣
在忘川中游泳，
他便手握眼花缭乱的现实，
像攥着一只胡蜂。

致索尔仁尼琴

打上四七年的烙印[1],

我至今仍在吞咽

那漫卷的烟雾,

烟雾铺满祖国的

边疆

和后方,

像还带着电,

寒酸的红角[2]

有一张蛛网。

橙子在一月初

散发清香。

沿岸浮冰上的海鸥

争先恐后地叫嚷:

"小心摔跤!"

冲着那个孩子,

---

1. 库勃拉诺夫斯基生于1947年。
2. 俄罗斯人家中摆放圣像的角落。

他齐膝的毡靴穿在脚上。
隔着马路，
我们面对一座牢房。

可我一无所知，
骑上了雪橇。
风像父亲的爱抚，
在耳中呼啸。
远处营区的
铁路上，
深色列车缓缓前行，
叮叮哐哐。

像严寒中的世界，
我看到枞树饰物
胆怯的闪亮，
我入睡，充满幸福。
如今在我的记忆，

在心脏和血管,

死亡更加完整,

胜过坟墓中的白骨。

战争与和平

又是老人索拉里斯[1]
在宇宙的遥远角落
再现着什么东西:

庄园的大门,
山楂和酸浆果,
谦卑生活的碎片……

波纹绸裙子一闪,
穿裙子的倔女人忠于王座,
不对路过的吹牛者
做任何让步,

确切地说,不对诗人让步。
他在干草房入睡,
他变得像是

1.《索拉里斯星》是波兰作家莱姆的一部科幻小说,后分别被苏联导演塔可夫斯基和美国导演索德伯格改编成电影。

和猎人一同歇息的黎明。

从前,在远方,
活得更简单,
死得更容易,
像树林中的明暗,

一只小鸟飞进小窗,
撞乱了死去将军
那把军刀上
满是油污的红缨。

像在极地劳作的人……

像在极地劳作的人,
汞在那里也会上冻,
风吹弯他们的腰,
不让他们上路。
一切黑暗都更剧烈,
胜过对立的光明。
在我古老的血液里
留有许多温情,
温情和躁动。
但在清闲的胸口,
请别惊醒那头
温存多情的野兽。

成为你的期盼,
他会再次迷路,
贫穷的公子哥儿,
年方二十五,
被高音喂肥的嗓音。

以便在冰封的河畔，

雪落上我们的头发，

把一切变成帆布。

以便我俩竭尽全力，

手挽手行走，

行走……

有翼的向导，

在视野的远处。

十一月哀歌

> 我成为丈夫的女友,
> 如今我隔着河
> 看到故乡一切如故,
> 树林里灯火依旧。
> ——E. C.

风吹尽了树叶,
褪色的叶落在泥里。

多么寂静,像彼得之前,
教堂的钟声尚未响起。

伏牛花被冻得发乌,
垂下被严寒揪住的马鬃。

我竭力捍卫抒情诗,
让它成为代理旗手。

对岸的树林脱去衣裳,

突然亮起宿营的灯火。

妻子啊,离罪孽远些,

在落雪前夜把毛绒头巾披上。

白色的波浪将很快入睡,

在门前泛出磷光,

宇宙的难以胜数

用难以确定构成诱惑,

妨碍对活的上帝的直率信仰。

雪 前

——致尼·司徒卢威[1]

霜的锈迹中有朵红蔷薇,
披头散发的伏牛花是它的友人。
这一天时而阴沉,时而转晴,
与我们既无关系又很亲近。

有寒冷的珍珠,冷得发灰,
有淡黄色的珍珠,
两种珍珠今天我们头顶都有:

云在无声地机动,
获得烟和羽状雾的
黏稠度,
昏暗的太阳看上去也不刺目……

这是天空吗,
是饱含真理的乐土?

---

1. 尼基塔·司徒卢威(1931—2016),法国斯拉夫学家、出版家,俄国思想家、"合法马克思主义"代表人物彼得·司徒卢威的孙子。

蒂姆·利尔本诗选

Tim Lilburn

[加拿大]蒂姆·利尔本

赵 四 译

【诗人简介】

蒂姆·利尔本（Tim Lilburn），加拿大诗人。1950年出生于萨斯卡川省瑞基纳市，在麦克马斯特大学获得宗教学博士学位。已出版12部诗集，包括《去那河》(1999)、《杀戮现场》(2003)、《俄耳甫斯政治学》(2008)、《阿西尼博亚》(诗剧，2011)、《名字》(2016)、《和谐世界》(2022)等。他还出版了4本关于诗学、情欲、政治的随笔集《生活在仿似家园的世界》(1999)、《归家》(2008)、《更大对话：沉思与地方》(2017)、《超自然的蛊惑：内在化与气候变化》(2023)。主编了两本有影响力的诗学随笔集《诗与知》《思与歌》(副标题都是"诗歌和哲学实践")。其作品获得加拿大最高文学奖总督文学奖、萨斯卡川年度书奖、加拿大作家协会奖及其他多种奖项。利尔本曾在西安大略大学、艾伯塔大学、圣玛丽大学任驻校作家，最后荣休于维多利亚大学。作品被译成多种语言，收入多部选集。

爱在物之中心

在物质的神恩派之芯,一个火之风的
变迁渊深里,喜乐的离心机,
是你,爱,一只肺
泵送出光,三价金的凤飑
膨胀我颅骨原煤中的眼。

嗞嗞嗞嗞嗞嗞。我的血流和骨头中点听见火
在凿挖火焰的内脸。此其言说。
"梳妆起来,新娘,在你血的褐红气体里,
氧气羽毛轻敲每一蓝骨;欲望的合成克拉
穿线红色指关节;
飞蛾掠过,神风突击队之心,爆炸得
更广大,更广大在领袖魅力之光辉的吸吞中。"

在山中,看

勇气勃发的草中,有王权,
草的领地,在颈垂苦樱桃的山中,
水牛肩膀的山长着脉动的热之毛发,山岭恭顺,
蔷薇果、紫菀的沙丘,在博爱的静默中
被草熔,被犬逐,心神不宁于自己的莫名其妙,草,
万物脆弱的活塞,
在山之暑热中,倒伏于鹿之近旁。
当黑暗建设,众知其暗。
草乃一面镜子,有明亮照临的云走进。
你处身黑夜,蹲伏于山:夜之穴中。等待。
其上,是夜光瓦砾,无线电信号残破的网。
其下,石头刮刀,一头鹿的颈骨,盐岩。
世界行将终结。

沉思即悲悼

你躺倒在鹿的床上。
它带着草底的明亮,在鹿睡眠时段中被其体重
压铸出来。无人来此;青草嘤嘤
只因身体的触碰。在你下面白杨树叶的酸腐之味如马匹
一顿奔劳之后。此地有雪莓、牛毛草。
这是已知世界的边缘,哲学的开端。

观看以一根快乐链锁遛你至此,而后移步,且说到
至更远处的入场费是你的名字。那或是荒漠与冬日,
专属"鹿在其自身";或是宫廷享受,被穿过高墙
听闻到的渴痒与音声所打破。选吧!

光穿越苍苍林木,如心智间或吻身躯。
山乃山之骨。

那鹿不可能被了知。她是阿特拉斯,是埃及,她是
她的众名走失的夜,走进她的古怪便是
    感知切断、虚弱、昏黑、羞愧。

她的身体是边境通道、一堵墙、一阵芬芳，越过此
她便是无限。但进入"此"是可怕的。

你躺倒在鹿的床上，绿色殉难中，那是语言
埋葬自己之处，静候之地，幽穴。
你等待。你将倒进她缺席身体的
黑暗中。你会被鹿荒芜的陌生性、对它的奇妙之浪费
修剪、窄缩。冬已来到。光清冷，
近乎可饮；草中探出去冬融雪
酸硬、遗落之味。

我向它鞠躬

　　　　　大地，大地，大地，石头长叶，色彩青蓝，诚实，
带着长傻大个的谷仓狂热笨拙地趋神而行，死者的圣骨匣，
　　　　　　　　　　　　　　　　　死者
在它的怀抱中麇集花束，向死而唱的石头，
可爱的，马匹感觉的，
虔诚的大地，嵌饰死者珠宝，大地，
大地，为狗所崇拜，智慧之眠雄心满怀，反抗火，具歌剧
　女主胖的
　　才智，具《以赛亚书》般紫色韵律，缓慢地
呼出它自身，大地，胡蜂牧场，拖一条水
　　之影，唱风的蹦床跳，移行，首先是任蜜蜂穿花织锦的
　　　　胸，闪亮在大地吨位之黑沉光线中，敞亮在其吨
　　　　　位的
黑沉光线中，土豆腱鞘肿的，
明亮之黑，铺展蔓延。

掷

放下，那闪闪发光的酒杯。

浅滩戴着风帽的忽隐忽现为你而在，那洞

    戴着风帽的火焰耀亮为你而在。

那儿现出路来，不必说出。

你能看到跛行的冬和其垢面蓬头

    移行于山冈之上；它不知道

      去哪里安放它的身体。

山谷里鹤群行幽暗轮值。

安静。沿草原狼边界上移，沿左岸

    上行到最好的鹅群栖息地

      梅蒂斯人[1]冬季营地坟场附近。

经验之灯巡航黏土堤岸。

你必是这不知自己为谁之人。

滟滟大河顺势而下，

    背上是累累水流的黄金疤痕。

---

1. 梅蒂斯人（Métis），多指在加拿大的白种人和印第安人的混血儿。

沙丘在以岛屿为颈背的码头上引颈观望。

更巨大的黑暗逼近,自更远之处。

塔西斯[1],西北温哥华岛,
语言说出的土地之边缘

当他结束发言,他再次转向先前用过的搅拌碗,他将宇宙的灵魂掺并融合在了碗里。他开始将剩下的先前的原料倒进去……
——《蒂迈欧》

鼓声和大提琴短暂重现。他们停下。
黑夜尽头,赫莫克拉提斯[2]从一片杉树林里迈步向前;他似乎在说话,向一群聚拢在苏格拉底周围的人嘶嘶啸叫。

赫莫克拉提斯:

因为你的为人
我们整夜无眠想着你关于城市和战争中的城市问题。

---

1. 塔西斯(Tahsis),位于加拿大温哥华岛西岸的一个村庄。
2. 赫莫克拉提斯(Hermocrates),柏拉图对话集《蒂迈欧》和《克里提亚斯》中的一个人物。历史上的真实人物是公元前5世纪末时锡拉库扎的一位将军。

我们怎能献出你在真实行动的

不可靠激情中的所言所说？

海的影片，整个来世的一部故事片，

在磨秃的胶片齿孔中颤动。

大海钻大货车队列般的一个接一个从句

钻深那声音里的枪膛，遥远的，北部海峡

滑动起它的全部车辆

从数个内部的车场，从难以想象的矿石里，

这些蜘蛛被裹缠其中的崩溃、腐烂物，

克里语句子，托马斯·卡莱尔[1]的句子，彼得·洛姆[2]的……

我遇到某个人，在克里提亚斯[3]的住所外，

---

1. 托马斯·卡莱尔（Thomas Carlyle，1795—1881），苏格兰哲学家、讽刺作家、散文家、历史学家。其作品在维多利亚时代甚具影响力。

2. 彼得·洛姆（Peter Lomb），指中世纪经院神学家彼得·朗巴德（Peter Lombard，1100—1164），著有《箴言四书》，是中世纪各大学通用的神学基本教材，影响持续到16世纪中叶。

3. 克里提亚斯（Critias，前460—前403），古希腊时代雅典的政治家、作家。柏拉图的伯父。

他可以站在人后，着一身行头的角力者，完全是我见过的
　　样子。

世界之重的水——许多蒲式耳，成群的

宫殿，论文，都是一副杠铃状局面，深埋的

铀矿，性的垒球场——

它缘岩壁向下凿出蝗虫之色。

这大洋，北方，海沟之书，

水披着铁衫吟诵，

水举起它灰白尖端的灰烬矛阵

在海堤平台上堆叠许多皱褶，冲击悬崖，

那里一辆生锈的四分之一吨蓝色马自达顶着我房东油漆起
　　泡的

房子停泊，房子在怒气中烧的凹地里浸泡在潮湿中。

大陆边缘，冰毒小屋，锡特卡[1]

　　　　　云杉，一台

在赤杨树林里嗖嗖转动刀口的雾的机器。

---

1. 锡特卡（Sitka），美国阿拉斯加州一个市镇合一的行政单位，位于亚历山大群岛巴拉诺夫岛上。

大海倒置并翻动、不断翻动它的黑石格言书,

削刮这抄本的底部

在一块块肉上烹煮,

刮,不停地刮,大海

在它的胡须,它的沟沟槽槽的偏执狂里,

呼喊它的保护者,它的保护物,

保护者,保护物。

水永不会枯竭。

它清扫,洗净,汲出它的黑

血,从它的胳膊里,那公牛们波荡翻涌的床,它钳出血

用两根燃烧的火柴

俯看着带旋梯的风洞朗读血。

大海的尘剑,复式格言,它的自我掼伤,

不是选举出的叠加的背部,灰烬弧弯

在一支香烟上,堆垛得太高,塔立得

太久。

*

所以这异乡人,你将会听到这个,是吗?潜行到**水之涯**
或迹之尽客栈,浸染着白霜,那人,
携满腹数理知识,
说道,毛发茂密的人造得如同
这只海洋大碗中搅打出的果酱,这本
海沟之书,身着战士铁衣的大海,
高声地,高声地朗读自己。洪亮,水的
熊勒弗绺领,夜的密封斗篷。
窣窣作响,像装着麦克风的东正教法衣,海豹般滑溜的牧师
垫肩里塞着熏香,
移步进圆木教堂,熏害虫的烟雾弥漫。
放大的色彩幻变的丝绸,刮擦着。
此地为阿拉斯加摇动曲柄转动日晷。
水獭的皮毛,残忍与禁欲。那是焦糊的味道
在卷紧的舌下,
用它的热力多么饱满地撑开口腔里的皮肤。

水横流坦白一切：黑暗就是它自己；

它没有路西弗的魔力或诡计。

两辆对开的冷藏车在士达孔拿区的坎贝尔河路上

擦身而过足足一百英尺的诡计在哪里？

大海是大腹便便的神圣起源之钢及其不朽，翻落，

深掘，然后飞掠回简单的空气，刀，角切割

铁丝，权杖，

钢高尔夫球遍地疾驰。

大海的胳膊被它自己的

短时握手拉脱。

许多挤撞的水，许多水的公牛

崩塌，扔掉

它们的伸缩翅膀，在嘎嘎的齐唱声中，

水的大地胡乱弹奏着饲养场的黑。

水，狼群拉着的一驾火山雪橇。

*

金色的，金色的灵魂，

你信吗？那被差遣来的人

在酒吧里闲逛，翻弄、旋拧

他的大起司嗓音，将盐扔过

肩头，一顶盐冠，扔到屋内屋外的多节爬虫上。

关于它是什么，昆尼、乔治王

想不起来，

他那张政治局官僚勃列日涅夫式的旗帜脸猛扑在啤酒上，

焕然一新，他说，有翼的，当喷了香水的

活物研究之父吹起号角召唤

弱一些的神时，"我要由播种

一粒超级种子开始，大得像颗醋泡蛋的种子，然后把它

交给你们。"

随后他绕物旋转，那已然之物

是把劈刀，一枚大理石般冰冷的梭镖，黛青色，鲸鱼
　形，不，

等等，蝙蝠色，蝙蝠色的，在他的手里，

不，不，我正想着的是，一块精确的、危险的、蛙脸的
　　岩石，

他与同样变圆盈满、野马奔腾的碗高度合拍，

碗里他已将一堆小行星驱动，展平，捣碎。

那些运行，运行，运行，

事物们的运行，捣实粘牢彼此，太阳、月亮

闪亮到最后如一枚獠牙，当然，火

从急剧变化里汗涌而出，

像马群或羚羊，还

不是，

但已有了它们的一丁点儿还在内在状态的皮肤，涂在墙上
　　的痰似的

粘在碗边，电子黏液，

不是最好的，乳突，几小撮，一点牙齿，可能会是，也许，

礼服上一粒裂开的扣子，

二、三等的纯洁度，

他再度又捣又切，于是那儿有，排版多余的省略号，

那内部,来自太阳,来自空气,赤裸的,绝对,确然,
从它自己的轰鸣中轻轻化出肉身,那灵魂,
在一蓬蓬劲旋的尾巴中,飞挤出泡沫。

大海以它的断臂嬉玩,
旋转,暴风雪在海的一个一百平方英里的截面
之上,移动,移动,夜被它吸进,夜
将自己的身体入鞘水中。

兔子湖木屋，初读《道德经》之地

四分之一英寸厚的铁炉，

一间宽敞的灰色房间里，面对面

山谷的骤降，内墙结霜，九十年代初——

除浸透樱桃色的黑前，还有哪里能睡？

一架雪橇，堆积物，一月嵌压于铁板一块的天空，

一只冬天的睡袋，鹿皮小地毯上，每隔几小时便醒来

添柴加薪，用厨房后结冰的柴堆上

破下来的杨木柴块。

后来我点亮一盏丙烷灯，

在火炉灶板最热的部分蹾上一只水壶，

沏速溶咖啡，看白霜的树林从黑暗中显形。

一个美丽的女人离开了我。

夜夜都是狂野不驯的星星，

下面的河流冻结了半英里

在动物穿越雪地留下的刮痕之下。

房屋寂静，即便在午前时分也退缩却步，

马毛沙发，就连墙上椭圆镜框里的《圣经》引语

都有种踮着脚尖的感觉；在这借来的房子里老旧原木

断裂，仿佛它们造了艘船
驶过有浮力的冷之大海。

风,吃重缆绳中

灰之色或图阿雷格[1]蓝延展到

蛛网,而后面

一百只乌鸦的钉头饰

簇集橡树林和花旗松,

簇簇下沉的羽翎,

金翼啄木鸟,扇翅擦飞

山的西面;

蛛网似鼓

露珠溅血,

鼓面颤动,蛛网的

手鼓

几在雾中以露滴封喉,

丁香伸向檐口,杉木树篱

尖至某点,对吗?高处

右边,不是那儿——空气的本体,乌有

但天缘巧合的对接,诡秘的进入;

---

1. 图阿格雷族(Tuareg),北非西撒哈拉和中撒哈拉的柏柏尔人,喜着蓝色。

那蜘蛛，一根移动的指节。

忽动忽停，棕色智慧，

八腿针立，蹒跚而行。

一阵嘶鸣的奔行快速出水，

绕走半岛像条鲑鱼似的

风，龙潜月[1]初，穿它而过。

---

1. 英文是"十一月"，十一月在汉语中有冬月、仲冬、辜月、葭月、龙潜月等一众古名，因"龙潜"意象与该诗有天缘巧合之妙，故取。

蜂　鸟

一团雨中凝乳

被自身坚硬的力量加热

成煤黑的奶油面糊，

湍流延伸在

顺流而下的矛尖般

冬溪里：一只蜂鸟

在道格拉斯冷杉林冻墙前的

倒挂金钟后长胖。

在这只鸟武装着头盔的眼神中

我的脸是移动中的内部在造窝的

洞穴通道，被枯草

猛然拂动的梢尖触抚。

蜘蛛网细丝上结着看顾我的

歪斜的精灵，用新陈代谢的发烧

罩通体以荣耀光环，

在空气中心烦意乱，这只鸟，爆发

在空气的皮肤上，

黑暗中一片模糊或朦胧，

从清晨林中的门里望出去，
这只喷泉阵发的鸟，惊人的
幻象般速度。

琵雅·塔夫德鲁普诗选

Pia Tafdrup

[丹麦] 琵雅·塔夫德鲁普

李 笠 译

【诗人简介】

琵雅·塔夫德鲁普（Pia Tafdrup），丹麦女诗人、散文家、小说家，丹麦研究院和欧洲诗歌研究院院士。1952年出生于哥本哈根。自1981年出版处女作诗集《当天使身上有一个洞》，迄今已出版25本诗集，其中包括《皇后门》《巴黎的鲸鱼》《塔可夫斯基的马》《铁的味道》《雪的味道》《光的视线》《云的声音》等。其诗作被译为四十种文字。此外她还出版有著名诗论《踏水而行》及戏剧、小说作品。获奖众多，包括北欧最负盛名的北欧理事会文学奖（1999），瑞典学院北欧文学奖（2005）等。她的诗作，尤其是爱情诗，写得坦荡、热烈，具有一种高贵的语言气质，简单而宽敞。作为一位有雄心的诗人，她深受德语诗人保罗·策兰、瑞典诗人艾克洛夫的影响，着力于建立起自己独立的诗歌世界，一种具深刻想象力的智慧表达形式，使之得以成为人之前进的动力。

我母亲的手

沐浴在一滴水珠宁静的光里
我记得我如何变成了自己:
一支铅笔塞到我手中
母亲冰冷的手握着我发热的手
于是我们在珊瑚礁之间
来回书写起来
一串水下字母:弓,尖顶
蜗牛壳的螺旋,海星的触手
张牙舞爪的章鱼的手臂
岩洞的穹顶以及层叠的悬崖
字母在抖颤,找到了路
游过那片白
词语像扁鱼摆动,钻进沙子
钻进摇动千百条根须
但泰然自若的海银莲花里
句子像鱼群
长了鳍,站起来
张开翅膀有节奏地游动

就像我血液的流动,盲目
用星星敲打心脏的夜空
这时,她已松开了我
我在她的掌心外已书写了很久

记忆之痕

白天星星是这样生活的：

就像你闭合的眼帘后的一束光线

你额头上的一枚印记

梦中的树开出一朵朵鲜花

不存在任何美的公式

我把手搭在你肩上

让两个指尖攀缘你脖子

经过你的耳朵

在世纪之间

画出一道橘红色音阶

写出我们

从煤到钻石的年代

我有火，很快

火焰将在你我间绽放——一张张闪光的脸

铭　文

岸卡在夜和晨之间的回家路上
你踏着海草覆盖的石头
身披月光，背对我
向大海尿尿
清爽的声音，回响男孩
用散着热气的黄
在雪中书写自己名字的情景
我们荡着秋千，用一根
更美的飞溅的热水柱
来呼应他们，为了之后
能柔软地轮流征服：睁着
粘满星光般月辉的眼睛
向对方泼洒撩人的浪涛
然后看荒草——荨麻和荆棘
放荡地生长
我们裹着形而上的湿光
给大地留下刺鼻的甜甜的兽印

蜗　牛

自天空
沿城堡的高墙,手
朝下伸去
紧绷的肌肉松开

蜗牛
湿漉漉地滑过自己的屋子
聆听
甜柔的脉搏

用这一瞬息的静
装饰我的内壁吧
用蜗牛的慢
填满我下身!

静

盐和面包

创造宁静的光

和所有血细胞

交杂的大地

日子自己毁灭着自己

你的脸,再见!

远处的城市

沉入绵绵细雨

死亡

完全归你自己

只是一颗星星离开了这里

仅只是一把刀

我们喝下毒水

病菌来找我们:

你像一个陌生人走入

用对待陌生人的方式和我说话

窗子为冬日打开

一只翅膀

如沉沉睡眠

从空中飞入窗口, 扎向深处

几乎看不见的角落

变成了致命的寒冷

但脉搏在跳

我活着

像一朵被雪覆盖的玫瑰

没人像你这样残酷地伤害我

只有用一把锋刀

才能将我俩分开

雨还要发烧似的到来

我将点燃你

连最细的血脉我都熟悉的身体

你的脸将转向我

就如同与我们一同航海的地球

雨还要下,你眼里的沙

将会被冲洗干净

我不抱怨年龄

但诅咒

睁眼也会围着打转的盲目

雨还要下,我的抚摸

会让你喘气,就像你

用温情消解我身体的重量

我们不曾相遇

所以也绝不会分离

我们不是只活一天的动物

月亮在黑暗里俯身

监视

你合上眼——

眼睛能看到东西

但看见的都不一样

月亮在察看

脸隐藏的东西,门洞开

你闭着眼

——你的脸紧挨着我的脸

一股我们出生时的力量

在上升,上升

——我们不是只活一天的动物

我们的大脑

不是用来指挥翅膀飞翔的

而是用来构建语言

或用其他方式出海远航的:

动脑筋就是像极地那样

用清澈的方法来看

——也就是

理解限度

你闭着眼睛——你的躯体

朝杏黄色的光里一跃

睡眠掀倒了

你大脑里的罗塞塔碑

它展示

没破译的文字……

我们的地点是时间

我们阅读

想记住

还没在我们身上发生的事情

我们没做的

不会得到原谅——

一只手紧紧地攥着

另一只在防守

第三只在祈祷

你闭着眼——你逃向

音乐的结尾

所构建的无限空间

我的嘴里,有你的喊声

燃烧的水

> 从浴鼎出来，他的仪表美得像神。
> ——荷马

我要让你泡澡，就像吉尔克的侍女
给奥德赛洗浴；如森林的泉水
以及流入海洋的圣河那样
我给浴缸注满热水，为你斟上美酒

我给缸里的热水掺杂些凉水
水汽蒙住镜面，静开始蔓延
你将长时间浸泡，酒会照亮你血液
松懈我用罐里的水浇洒的肌肉

如同侍女把疲惫逐出奥德赛的躯体
我为你擦身，直到世界在屋里凝聚
柔和的水汽越来越浓烈，热
充满了你，你肌肤的芳息弥漫房间

我贴得更近，洗你的脖子和胸膛
抚摩你的脸庞，颈背，肩
我狂喜，看见你忘记了带着的武器
你舒展四肢，更深地沉入浴缸

是的，有生命的地方，应该有水
男人们需要长时间的沐浴……
我帮你抹肥皂，冲洗，你身子变得更重
你不是一名男子，你是众多的男人

此刻，你从浴缸站起，你的魅力
并不亚于美女珀吕卡斯特
刚帮他洗完，还没抹橄榄油
穿上衬衣和罩袍的忒勒玛科斯

哦，那像河流闪耀穿越世界的爱是谁的？
为什么它像纯洁的灵魂奔流
向我涌来，与我长时间独自
在迷宫里转悠时所遇到的东西不同？

泪

你不能在哭泣中
移民
你不能永远
伪装在
无色的遮纱背后

我拥抱你
我把我的热给你
聆听你眼里
那随性
飘落的雨

就是这些泪
在哺育着大地
但它们是咸的
这样的浇灌
不会使任何东西生长

晚 安

我父亲穿上睡衣
只要我仍是个孩子
他就会把星光与月辉
画入我的眼睛
只要我仍是个孩子
他就会像孩子那样说话
像孩子那样理解
像孩子那样思索
我听到的每个
催眠的童话
都带着自己的色彩
我父亲讲得有声有色
即便你是个盲人
你也会看到天上的彩虹
我睡着,梦见
伤口累累的大地
绽放出一朵朵玫瑰
我轻轻地翻身

把脸转向我父亲

从他的眼里

我看见星星和月亮

夜来了——沉沉的夜

银河的麻醉剂

呼啸着

穿过他

不再疼痛,光一样重的身体

泉

我写诗,为举起石头,为唤醒蚯蚓
蜗牛,和其他爬虫,为打开通向
光的门,水的门,冰蓝的天空,一个
梦之迷宫出现之前便已猜到的出口

圣歌,哀歌,从共同的文字里流出
同样的字母如血脉之网伸展,从
肌肤到肌肤,而笔尖如地里的
黄金闪烁,让宁静撑起高远的天穹

就像太阳在水上掀翻色彩的光泽
灵魂是隐秘印痕,在文字下映射
我写着,打开一道门缝,一道
小小的门缝。只要愿意,就能窥探

一道泉水,不会枯竭,注入井中
我在那里蘸笔,让夜喧响着奔流
漫过稿纸。词语,叮当作响的
雪铃花,把我一行一行地推向——死亡

婚　姻

水滴同湖泊结婚

湖泊和江河结婚

我们在那里游泳,抛撒

我们死亡的灰烬

词在炸裂

如绿芽满枝的时节

每天都是失去,和一个国家

告别,和一个声音

的旋涡告别

我的心无法与

雨滴分开,那里

你把你的吻

撒遍我的全身

河流同大海结婚

大海和雨结婚

雨跟无限结婚

一条闪光的线,一根

血流经的

石榴籽鲜红的脐带
从身上抽出，从
不断权衡的我们
抽出：为什么？
那里，栖息着
所有染着彩虹色的疑问

声音,足迹

血之影,夜之水晶
斟满酒光的
肺

我停步
大地用霜
雕出石头的裸露

死去的人
向春天播放
冰亮的光

如隐秘的人语
向灵魂荒野
投注芬芳

世界为身居沙漠
梦见他者的人

而造

辽阔刺眼的雪
我穿越森林，追踪野兽
水珠般的足迹

我向天边光海的喧闹
走去，雪中的话音
和脚印在呼唤

四处寻觅的你
向我走来，你也在追踪动物
水珠般的足迹

你也在打转
仿佛舞动的指挥棒
早已预设了你我的轨迹

卡罗尔·安·达菲诗选

Carol Ann Duffy

[英]卡罗尔·安·达菲

颜海峰 译

【诗人简介】

卡罗尔·安·达菲（Carol Ann Duffy），英国诗人、剧作家，曼彻斯特都会大学现代诗学教授。1955年出生于苏格兰格拉斯哥。2009年被授予桂冠诗人称号，是英国有史以来首位女桂冠诗人。诗人是英国最受欢迎的当代诗人之一，迄今为止，已出版超过30本著作，诗集有《站立的裸女》（获苏格兰艺术协会奖）、《出售曼哈顿》（获毛姆奖）、《吝啬的时间》（获韦伯特诗歌奖）、《狂喜》（获艾略特奖）等。达菲最擅长写作爱情诗，经常采取独白的形式。早期诗作未表明自己的女同身份，诗中的爱情对象一般没有指明性别。1993年的《吝啬的时间》和1994年的《诗选》，开始写作同性恋爱情。她的诗歌具有强烈的女权主义色彩，在《站立的裸女》中有具体的体现。她的诗通常以通俗易懂的语言处理压迫、性别和暴力等问题。

你

一想到你,思念不速而至,萦怀到深夜
于是上床睡去,梦里也是你,我呼喊着你的名字
醒来,像是泪水,温软、咸涩,在我唇边,明亮
音节的声音,像一个护身符,一句咒语

   陷入爱河
是人心向往的炼狱,蜷伏而干渴的心
像猛虎在伺机;火焰燥烈,舔舐着肌肤
美丽的你,宏于生命,蹀入我的人生

我藏进庸常的日子,躲入日常的深草
隐于迷彩的房间。你在我的注视中慵懒,你
从其他人的面目、从一朵云的形影中看过来
从大地攻伐而蚀损、一直盯着我的月亮那里看过来

此时,我正打开卧室的门窗。窗帘浮动。你就在
床上,像一件礼物,也像一阕触得到的梦……

哈沃斯

我来了，在你的曾经所在
我手掌下的夏草是你的头发
你的味道就是这鲜活的空气

我躺下，两只翩翩的蝴蝶是你的笑靥
旷野上的欧石楠花绽放着你的气息
你的名字在编码的钟声中响起

我不会去你的未至之地
漂白的动物骨骼上那个凹坑是你的咽喉
那高飞的云雀，不管你以为它是什么

还有这隆起的石头，你的手放在我的手心
还有这旋转地球的弧线，你的脊梁
还有痴舞花间迷醉的蜜蜂，你的旋律

我站起来，酣眠的山坡是你梦想的头脑
鹅卵石就是你说过的每一个词
我跪立一旁的坟茔不过是你的床榻

小　时

爱情是时光的乞儿，可即便单独的一小时
像扔下的硬币一样闪亮，也会让爱情富余
我们讨到了一个小时，没有用于赏花饮酒
而是徜徉在夏日的天空，于一处萋萋芳草

我们拥吻了千万秒，你的头发像地上遗珍
迈达斯之光将你四肢变成光彩夺目的黄金
时光弛缓，因为在这里我们把夜反手一拍
我们就变成了富翁，腰缠时光的万贯家财

因此，没有黑暗可以结束我们的辉耀时刻
没有任何珠宝能够比得上沫蝉吐出的泡沫
它就挂在你耳边的、随风婆娑的草叶之上
没有任何枝花吊灯或聚光源让你更加明亮

现在，时光憎恶爱情，一心使其潦倒贫穷
但是爱情却能把稻草纺成金子一锭又一锭

不 在

然后,用歌声缝补黎明的鸟儿们
模仿出了你的名字

然后,花园里那盛满光明的绿碗
是你凝视的目光

然后,那渐渐伸长并温暖自己的草坪
成了你的肌肤

然后,头顶上揭示自我的那朵云
是你张开的手掌

然后,教堂最先敲起的七声钟响
宣布悲伤

然后,太阳在我脸上轻柔地咬噬
是你的嘴

然后，一朵玫瑰花中的蜜蜂是
你的指尖，在此摸到我

然后，屈身的树木和它们织叶为网
是我们也会照做的

然后，我前往河流的步伐是祷文
的字句印在地上

然后，沿岸找寻你的形状的河流
是你的欲望

然后，用鱼吻爱抚水的咽喉的鱼
有着情人的从容

然后，一大片阳光落入草丛
像被丢弃的一件衣服

然后,突然零星洒落的夏雨
像你的舌头

然后,一只蝴蝶落在战栗的树叶上
是你的气息

然后,轻纱般的薄雾覆于地面
是你的姿态

然后,樱桃树上落入草间的果子
是你的一个又一个吻

然后,每一天的时间都是天空
的剧场,我看着你意乱神迷

然后,太阳的光从天穹落下
是你背影的修长

然后,夜晚的钟声在房顶敲响
是恋人们的誓言

然后,河流凝视上方,爱恋月亮
是我的长夜

然后,我们之间的星辰
是索求光芒的爱

如果我已死去

如果我已死去
我的骨骸像
在深邃的旋转大地
落下的船桨那样散尽

或者淹溺
我的头颅就像
一个倾听的贝壳
置于暗黑的海床之上

如果我已死去
我的心会给一朵
红红的玫瑰
以温软的覆盖

或为其燃烧
而我的躯体
不过一把沙砾

随风飘远

如果我已死去
我的眼睛
会失明于花根
涕泣于无形

我承诺，你的爱
会将我从坟茔
唤起，让我
重焕生机

就像复活的拉撒路
渴望着这些
还有，还有
你的生命之吻

订　婚

我会成为你的，你的
我会带着铁锹
走在荒野之上
让我做你的新娘

我会勇敢，很勇敢
我会挖好自己的坟墓
然后躺入厚土
让我成为你的吧

我会变得很好，很好
我会眠于我的泥毯
直到你在上面跪下
让我成为你的爱吧

我会留下，永远，永远
我会跋山涉水
穿着我的石裙

让我成为这么一个人

我会服从，顺从
我会漂到很远很远
含着我的誓言
让我嫁给你吧

我会戴上你的戒指，你的
我会在火焰中
唱起来，跳起来
让我改称你的姓

我会感到期望、渴望
我会在火中绽放
我会害羞，像孩童一样
让我成为你的娇娘

我会说我愿意，我愿意

我会成为罐中灰烬,为你

散尽我的生命

让我成为你的鸾凤

迎 冬

一整天,肃穆的葬礼播下了雨水
我们又一次玩弄了
把爱情变成痛苦的伎俩

灰变暗成黑。星辰开始扯谎
再无可失
在我的衣服下面我穿了一袭寒意

夜把月亮死攥在手中,像一块石
真希望它被扔掉
我紧握着手机僵硬的躯体

拂晓以鸟雀的乱语嘲笑我
我听到了你的话
在我脑海里像支离的琴弦弹奏

*

花园绷紧了神经,脸朝下
如丧考妣,悲泣它的绿叶
花草们的拉丁名字已如信仰难以辨认

我走在冰上,它一脸坏笑后裂开
我所有的过错
被冰封进我牢固锁起的脸

光秃秃的树木伸出手臂,哀求恳请
不能忘却
阴云因为自身的重负而低垂下来

戾风朝房子痛苦嘶喊,然后叛逃
天空被抽打得体无完肤
月亮是一枚被咬噬揭掉的手指甲

*

又一晚，风雪偷渡而来
你来了又离开
你的脚印像一封留在地上的情书

然后有些东西变了，在看不到的别处
在涌动如潮的天光中
清晨带来了隐秘的货物

土壤踌躇地长着，在绿意中冲口而出
因而曾在之物
转换成了将在之物，确定而无形

就像痛苦重又变成爱情，就像这样
你的花朵亲吻
冬天融化消解，再也不能抗拒

写 下

写下太阳向我逼近

吻我,吻我,我的脸庞

变红,变黑,变白成灰烬

被热切的风一吹而散

遍布田野,而在那里我的身形

仍压平青草,再如尘埃般

在我魂魄的眼中终结

   或者写下

河流紧拥我入怀,它清冷的手指

触摸着我的臂膀,凉爽的舌伸入我口

水声喋喋,在我耳边盟誓着它的爱,它的爱

而我已然沉溺其中

   然后写下月亮

脚蹬银靴自天宫阔步而下

把我踢醒。星辰如攒

吟哦着你的名字。写下你的名字

在我唇上，伺我如一个新娘
走进树林的黑暗教堂，为我的蜜月
躺下。再写下夜晚，足够性感
写下夜晚把我的骨头
按入厚土

爱 情

爱情是天赋，世界之爱的隐喻
十月的叶子，燃烧似火，仰慕秋风
那热切的呼吸，迫近它们的死亡
这不是你的所在，你无所不在

            夜晚的天空
崇拜大地，竭尽全力，大地
在黑暗来袭的山中做出同样的回应
夜晚是共鸣，星辰为泪水成其眼睛

不在这里，你在我所立之处，听着大海
为岸痴狂，目睹月亮为大地痛苦
而不安。当晨曦来临，热烈的太阳
沐浴树木于黄金，你朝我

走来
出于季节，出于光明爱情的原因

弗罗斯特·甘德诗选

Forrest Gander

[美国]弗罗斯特·甘德

宋子江 译

【诗人简介】

弗罗斯特·甘德（Forrest Gander），美国诗人、翻译家。1956年出生于加利福尼亚莫哈维沙漠地区。甘德拥有地质学和英语文学学位，曾于哈佛大学任职布里格斯－科普兰诗歌讲师，后为布朗大学A.K.西弗文学艺术与比较文学荣休教授。迄今已出版14本诗集及其他文论集等。他的诗集《来自世界的核心样本》获2011年全美书评人奖，并入选2012年普利策奖决选名单；他的诗集《同在》赢得2019年普利策奖，诗集悼念亡妻[1]，记述陪伴晚年罹患阿尔茨海默病的母亲，记录游走美墨边境的见闻感悟，笔法朴素、动人至极。此外甘德所获奖项还有怀延作家奖、霍华德基金奖、国家资助艺术协会奖等，并两次获得格特鲁德·斯泰因北美创新诗歌奖。甘德翻译过大量拉丁美洲和西班牙作家的著作，合作翻译过日本诗人野村喜和夫和吉增刚造的诗集，亦贡献力量于推广中国当代诗人的英译本。

---

1. 甘德的妻子是美国著名女诗人C.D.赖特（C.D. Wright, 1949—2016）。

流浪海

被再也无法接近她唤醒哀痛,他渴望
她更长久地活在他的心里。看着

    破碎的海浪,站得那么近,他能感觉到
      热气散发自她湿漉漉的头皮。他

与在他眼前的这人是何关系,
如此熟悉却又陌生?用找寻

     她脸庞的方式,他找寻自己。风鞭
       抽打浪峰,春草

沙中成卷,那里,他们无言并立。她
要他知道一切都带电,即便草,

    草带正电,花粉,负电,因此当草波动,
     它为花粉猛推气流。他四下里感觉到电

仿如即将来临的风暴之狂野戏剧,已然
意识到他们,这海岸上的外来者。朵朵

　　　　　　　　宝蓝色花儿点缀着座座沙丘。
　　　　　　　他在想是否任由自己平复下去,

成为一张毫无深度的白纸,是否就像电动扶梯的梯级,
到头来消失于地底,毫不抵抗,甚至没有一下

　　　　　最小的踉跄。但是当她把情感充沛的脸转向他,
　　　　　　　　毫无掩饰,满面笑容,眼角含泪,

他顺应了她过度的流露,他向自己重新现身。

晨歌（一）

你听见黎明渐近，听　柔光伸出真空的指尖　紧抓着卧室的墙，一种低调的　什么？振奋？你听见了声音，若可称之为声音，红眼雀的　在花园里刮擦出尖声然后嘎吱，低沉干哑　斑斑点点的声音睡在你身边　缓缓诉说一场梦，恍若在现实中，　现在，又中断了那梦，你能辨别出这声音吗？若可　称之为声音，那缺席言说的　亲密地，直接地，对你说的，我知道　你肯定充满感情地听到了，骨头里　一阵低沉的震颤，因为难道你没发现自己沉迷进了大限的下一刻？

晨歌（二）

  他从肩膀　拉出箭杆　在东边山脊上　带着坚硬的铜斧和　还未消化的野山羊肉　松花粉，晚春　熊皮雪鞋　袋子里是生火工具　打火石和火绒　阴燃余烬数小时的真菌　他看看自己的胃　结冰，融化，又结冰　五千年以来　痛楚之外　他还听到什么？光在闪烁　在山的脸前闪烁　穿过他的耳朵进入身体　穿过他眼睛的荒僻慌悸荒茫　他索取的　他不知其名

晨歌（三）

　　我们曾在权贵的泳池服务　　我们曾为狗打开客舱门　狗在卡车上等着　　狗盯着饭店入口　　当我们再次出来，拿着餐巾纸　包裹的一根卷饼　兴奋地呜呜低嗥　我们不觉得全然孤单　　虽然确实孤单　《我，罪之最者》　我们看到朋友打湿麻布好让字粒印出阴影　　在字母被丢回废铅字箱前　　傍晚　我们本想治好一段幻　肢[1]，用一面镜子　但是丢失的东西　在我们的心里面。有几个人　曾挥舞帮派手势，抽着大麻　　我们在黎明前登机　永远坐在跑道上呼吸的燃料尾气　　来自眼前的飞机　头上的飞机喷出有毒气体　　映现在阴暗的玻璃窗上　　我们回头张望　一脸茫然而中微子霎霎穿我们而过

---

1. 幻肢（phantom limb），截肢后依然感到肢体存在的幻肢或幻肢感。

在山中

如果四月天的暑热比你的笔记早一步触到她

如果在你的后门,一朵缀着巡游螨虫的蘑菇改变了老鼠牙
　齿的颜色

那么她的大腿便会颤抖,她一站起来就会眼冒金星

如果她的虹膜闪烁,如果你那牧羊狗的脸回望自她呆滞如
　公文的瞳孔

那么你必定会屈服于心被掏空的感受

如果你再啜饮一口尘土,试着回想起要说什么

如果她称作"你的悲伤"的淤泥不再黏糊封堵你的血管

在你转向内心之前,她便会瞥见有什么在那儿

如果悔恨喋喋不休,渐渐围拢在你身后

那么她便会蒙着你的眼睛,说:尝尝这个

如果只需要再一次画去名字便能终结苦楚

如果从普特图尔[1]山中升起的啼鸣声反应在她的脸上

那么当她靠着你躺下,无论你怎么气喘吁吁地说,听来都像一出戏里的空话

如果你条件反射地选择第一反应:免却思考

那么她便会大叫"噢!不!",仿佛吃惊于她无力阻止

如果西高止山脉[2]吞咽下一个碳化的太阳

---

1. 普特图尔(Puttur),印度安得拉邦奇图尔县的一个城镇。
2. 西高止山脉(Western Ghats),位于南印度,构成了德干高原的西缘。

如果她将你眼角皱纹的抽搐错认作一个信号

如果当她把购物篮放在收银台上,最熟的芒果从高处滚下

那么你准会忘了湿婆用多少只手拽开了她的纱丽

如果当地动物让自己更趋夜行以便避开你,如果一群群噪鹛不再从山顶飞下

那么她在黑暗房间里最赤裸的目光会将你卷杆钓走

但是如果这橙黄地衣——卷滚过巨石的闲话——变黑、蜷缩、走向沉寂呢?

连　笔

当他们牢牢陷在男孩青春期的障害中，整个家庭便脆弱
　不堪，开始像浪花般碎散。

我亲你时你别过脸去，女人说。为什么？

初冬眼皮半合的日子。

当他指着那女人，男孩就像狗那样看着他的手。

男孩下巴已成形。仿佛在他牙齿后面，喉咙的嫩肉处，
　还有一口牙齿正在长出。这张嘴要来干什么？

人人各执己见。争论转向四面八方，谁能跟上？前言不
　搭后语暗中接连进场。

当一个，当一个词，当这个词的自杀进入他们在大喊大
　叫的房间，语言系统关闭，过早地安静了下来。

这男人写作，没有命题给我，却把我给了我的命题。我就在其中，像一只寄生虫。

他看见女人的脸孔收缩，当趋近的未来不似那脸孔的预期展开。

所以在给定时间里，他们像音乐般充盈居于自己的身体中。但是他依然故我，仿佛以后还有时间。

我只想你消失，其中一人大喊。

下午的月亮挂在他们房顶，毫无表情，平坦得像一块墨西哥薄饼。

她把男人叫到地下室一角。那些不是堆积的蜘蛛蛋，他说，而是它的眼睛。

当遭遇自我是火山喷发，便无物能跟上。

撕破茧壳暴露其内的,是家中男孩。

似乎他们在等待。似乎是经验之内,意义明了,还有未
　　定的经验,无以名之。

周 年

不,不要被知道,永远,
别总是通过我的伤口知道,

我埋葬了忧郁之幼虫
而后追随你。振作起

我自己犹如黄昏
之于你乳头的黑色郁金香。(郁金香,郁金香)。

我们锁上门七天,
用鸟血洗刷房间。

有那么一小会儿
你的嗓子

自华美锁骨间的空洞里升起(升起,升起),
音乐是我们唯一的对手,

骨白色的钢琴。

光亦未曾消退,

只是深重地收缩。

那外观的粗粝。

冷颤。

儿 子

不是因为镜子被布遮盖,而是
因为我们之间仍有话未说。为何

要说死亡,此定然之事?为何
要说身体如何驱使无数蠕虫,

仿佛它是一个易于把握的概念,而不是
令人烧心断肠的独一现实?将之奉上,犹如

一篇悼词或一个故事,关于我或你的
煎熬。这是某种自我贬抑。

如是我们继续醒来面对被斩首的太阳,树丛
继续令我恼火。慈善的心脏

承受自己那组基因。你膝盖的弯曲处
拖着汹涌的菌群,寄生虫蠕动翻滚

穿过我的肠胃。有谁曾全然活出自我?
在大莱普提斯[1],你母亲和我年轻时看到

众神雕像,脸和脚都被汪达尔人毁坏。除了
那列护卫者美杜莎的头,无人胆敢污损。

当她说话,当你母亲说话,就连拴着绳的
灰狗也会受惊呆立。我也会受惊呆立。

我把生命交给陌生人;不让它接近所爱。
儿子,她唯一的血脉。她的血只在你身上流淌。

---

1. 大莱普提斯(Leptis Magna),是罗马帝国时期的重要城市,遗址位于今利比亚胡姆斯附近。

踏出光芒

雾，自一片
绿野中，勾画
山坡上
每棵松树的
剪影，漂白
每株树干间的
空洞。

也许就是如此，
一直如此，它被
什么遮蔽了——
是匆忙抑或分心？雾。
一棵松树。锡嘴雀
探问。有些什么东西
转变了。你发现
自己在另一个
不曾寻找的
世界，在那里

你看到的是

你一直是

一群狼

站在门前。门半掩

嘴大张,你的自我

之门。你闯入

作为"残害者"

你挖出自己

亵渎的

右眼。你

闯入,作为"大骗

家",饱食

自己的血肉,

作为"誓不

放手",撕碎

你的肌腱,啃噬

你的股骨。你无法

停止闯入,

不断发现自己

孤单脆弱

在私密中弥留之际,

你弯身用纸巾

从卧室地板上

捡起被压扁的蜘蛛,

太阳穴上的神经

半感应到这尚不能

被悉知的

力量,你再次

发现自己

已然进入某物内部

像一个方程式带着

一个余数,一份赎罪奉献物,一句

对和解之不可能的

提醒——

向什么和解？再一次。原谅

自己吧，他们说，可是

原谅了自己

生活过的时光之后，

还留下些什么呢？你不能

从掏出的时间中

移走"此刻"的

威士忌酒杯

甚至不能

从背对星光的

星系残骸中

区分出

匆忙爬过

庞大地下网络的

一列列蚂蚁。是时候

关上门了，你想，

可是你的脸变了，

那么多乌鸦的爪。你

肯定踏入了

下一个阶段，

你开始

承认

身体会腐朽，

它是一条纽带

联结自己处于世上的据点，

它是一个知识库

储藏了你不知道

自己学会的一切，人的和

非人的，一切

都充满张力，都有所反应

它说明了你手的

颤抖，当此刻

你分辨出

你的身体之躯体——

像一口静止

悬空的大钟,

它捕捉、聚拢

每次幽灵般的环境

残响。

扬·贝克诗选

Jan Baeke

［荷兰］扬·贝克

禤　园　译

【诗人简介】

扬·贝克（Jan Baeke），荷兰诗人，1956年出生于罗森达尔。他做过图书管理员，荷兰电影博物馆信息部主任、项目经理，鹿特丹国际诗歌节策划。自1997年出版《永远不会没有马》到2018年的《暂时性信条扶手》，他已出版9本诗集。贝克2007年出版的诗集《大于事实》获得广泛声誉，被提名荷兰著名的VSB诗歌奖；2016年，他凭诗集《季节性八卦》获得了扬·坎珀特奖；2020年获佛兰芒颂诗奖。他还出版有诺贝特·胡梅尔、杰克·斯比塞、德里克·沃尔科特、拉维娜·格伦罗等诗人的译著。他同时与阿尔弗雷德·马赛合作制作电影诗。作为荷兰当代知名电影诗人，其诗作可在塔可夫斯基这样的电影制作人，或匈牙利诗人雅诺什·皮林斯基、爱沙尼亚诗人扬·卡普林斯基等身上找到美学根源。

已然写下

很高兴我们能够击中核心。
写进兄弟情谊：
我们缺少真正进入我们知识的能力
但应抱持希望借着信仰
一切都会向我们清晰显现。

那是温暖的一天
面包和橄榄
正经历艰难时刻。
我们于此地是异乡人。
还有言说它的其他方式吗？
即便面包和橄榄在此也是机缘巧合。

我们已学会
经由事物的形状和特点来命名
而那足够说明问题。

那时，尽管天气酷热，你前来提问

谁发明了语词

让面包居于其中新鲜又芳香

我所能为唯有指向街尾

那里有路标丛

那里某人恰好经过

某人自称加百列

那里有鸟儿在屋顶上开唱

一首洞穿心扉的歌,如戳中你的脾脏。

你真正想了解的

是因爱而在的词

然而那里没有。

只有那因恐惧而与它同在的。

请将他带离此地

一个男人比如最近被找到的那个,出色地
为这场合制造了一个稍微年轻点的,他匆匆一瞥的
方式让你觉得:他的手能握住你的
他的声音能带来冷静。

世界与此对立,巨大,哪里都不能被清楚界定
不能被从报纸中赢回,酒吧桌和香烟
盲目的烟流,在这一连串之后遗失:
比向我们一再祝福的死者告别
更为棘手的告别等待着我们。

云被复制在思想中
因此,同样在思想中,影子支配
广场和对话,为那些燠热和脸挂微笑的人
难以理解的,持续存在的时间带来凉爽
面带微笑的人向你解释
道路的结构
谴责那些难以理解的持续存在时间。

在那男人和世界之间
是整个季节的一部分
许多的裙子,烟和洒在每一窗口的阳光
从左边走来的行人
和骑车人,绕过堆着集装箱的街角。

某些日子,一些事情发生于注定的时间。
其余时光,什么也没发生。

必要的深度

语词,像咖啡、太阳、小汽车
使用,才不容易被损耗
不像美貌、不安和睡眠。

在咖啡和睡眠的作用下
思想出现,被从黑夜里冲刷上岸
城市获得了必要的深度。

只要透过窗玻璃
无须留意太阳,看到反光
所标记的车主的脸

我便能看见沉重和悲剧
在每一趟去报亭、面包房的路上
在送某人

走进办公大楼的握手告别中
而后另一人走去路对面

这使这个早晨变得更糟

更糟,当进一步远离我所写下的
更远了,当在已结束的谈话
和对第一杯酒的需求中。

你说过的

你没说过：在玉米地里
在昏暗的灯光下，我记得。
你没说过：在山脚处的果树下
迷惑混乱的状态。
你没说过：未知的旅途，冲动之下
什么也没说，没说事情会怎样。
你没说过：附着于那火车的雪、暑气、时间
只是又一阵可怕的沉默，低吼于一个无月之夜。
你没说过：不会要很长时间，不会要很长久。
你没说过：一片无边无际的旷野，最终竖起
一只胳膊、一条腿将其隔开，次次更新
那些枝条来回抽打
然后又是一张脸。
你没说过：多好啊，只是太少了。

你没经由那火
说出这个
火焰已烧至嘴的高度
现在那已然发生的仍不能被完结。

在一辆动荡之车里

我们开车翻过山岭。
他的肩膀一秒钟也没停止晃动。

不时地,雨在屋宇、房舍间抽芽。
万物若无立足之根都会被吹干。

如此多的东西仍各得其所。石头遍地。
风,无论多么敌意在胸
也不能将它们扯离。他说

石头想坐在你的口袋里
增重你的车,利用你的身体。
这就是为什么我们应当感恩石头。

身体改弦易辙了吗?
死水最好地展示出这些关系。

真难,那一英里长的移动。

他皮肤之下有蜥蜴。他的肩惊恐不安。

他意欲失去理智。
而我是那种人，总说着
让我们等等，等到头疼过去。

打电话给妈妈

我听见厨房里的轰鸣声,炮火
从城市中心传来的车水马龙。

我打电话给妈妈,拨出的号
她能够接收到,在她死以前
而她回答了。

你好吗?一切都很顺利,她说。
我想问她,她是否知道
对于工作在内部,而于外部发生的一切
会有怎样的忧虑。

哦,亲爱的,事情发生是因为
我们不知道它们是如何工作的。

能够避免噪声是件好事,她说。
不可能(存在)的事物
不应该制造出一个声音。

尚不存在的我们曾经拥有

有时候事物逃离我们
就像语词所为,逃离我们

冰箱,舞步,这次又会是什么在
不在线游戏中?我们可以像这样谈上几个小时。

就在我们眼前,种种细节
指向那些喧闹的小电影。

当声音消逝,这虔诚的静默时刻
获得赞美。

一个男人走进厨房
他不知道从哪里开始。

一个女人被留在沉默中。
她谴责自己但毋宁说是谴责那个男人

在他的天空下冒险,那不是
她的位置,但那也能

被说成是为了雪?说成是否在天空之上
有一个无底深处就像在他的房子之下?

小麦粉的影像,阴郁的细节,绝望地
穿过指间,但是必须重做。

一个女人开口了。声音
得体、完美。这拯救了电影。

我虚构的他（选二）

1

每次一个词。
容易。

本来遇到彼此会更容易
比起去写一个不同的故事
来让这场乌有的相遇消失不见。
无论哪种都没那么多词。

浴缸。冬季外套
留在你消失的地方。
你无法读出，那些身为事物们自身的词
近在手边。

我写下我看见的每一事物。

你可以读

那个花园设计者的作品
花园自桌上的碗里水果中来。

我这样读,所以我能创造出词。

第一场雪飘落,当碗几乎空了时
甚至花园也开始拒绝它的建造者。

并非我们周边的事物什么也不说。
只不过是它们没有语词让我们清楚了解事物。

洒进厨房的月光是个
转瞬即逝的信号,但它确实会回来。
而水果亦与其种种名目相连,选择形式
以反对新的伪装。

在你知晓它之前,睡眠会化身
信件,或歌,或十一月。

现在它们成群拥出,几支小曲
抵及站立之人,这所房子对面
商店门口站着的男人。

它们适用于他吗,或他只是某个听着的人?
歌声正归来。

明天,也将归来。
患失读症的,而后严寒渗血。

   2

我能将万物另置其位。
将桌子置于光照不到的地方。

我已摆好水和苏打。
我把酒带到你的床边只是以防

万一你想在这张床上病愈。

我注意到你的手。它们曾看似有病,不是现在。
它们在城市里交叉往来,到处受苦。

报纸上,说到一起快速康复。
按各式各样发言人的说法,所有的规章都严格应对
时令的孤寂、盲目。

我数着你随身携带的香烟,烟雾弥漫
一些个性鲜明的人。

我等待第一场雪,将最后的水果拿出去风干
为那些嗓音粗嘎的人打开门。

士兵们走来,警告一场雪
此外,警告一场火灾沿街而走。
和他们聊天意味着可以吸烟。

飞蝇已变为野生

我大概也一样,你曾写信给我

在新闻里我甚至看到了更好的表达。

这是个惯例,等上几分钟,然后

破门而入。

我回信写到那时我有多紧张了吗?

那时我刚给你的手扎上绷带。

你的形体越来越多地进入了视野。

那时你坐在窗边,描述着填充夜晚的

所有谈话。世界那时并不比一间候车室

更为安静,但无疑更为死寂

而所有的忏悔都锁在了关上门的头脑里。

你吸烟的方式

暴露出你对等待的态度

暴露了我对语词的笨拙选择。

我看见你在第一场雪里烧自己的手。
那个措辞"春已来临"跃入脑际
我转头回视
瞥见了那时留下的东西。

李昇夏诗选

~~~~~~~~~~~~~~~

[韩国]李昇夏

洪君植 译

【诗人简介】

李昇夏，韩国诗人，1960年出生于庆尚北道义城郡安溪面。1979年考入中央大学文艺创作系。1980年5月在文武台接受兵营集体训练期间，发生了五一八民主化运动，诗人受到巨大的冲击，对社会及历史有了深刻的认识。1984年，李昇夏以诗作《与画家蒙克一起》当选"《中央日报》新春文艺"，同年入伍服兵役。1985年考入中央大学研究生院。1989年，小说《备忘录》当选"《京乡新闻》新春文艺"，顺利进入主流文坛。1996年在中央大学研究生院获得文学博士学位，现任中央大学文艺创作系教授。多次担任韩国文艺创作学会会长。出版有诗集、小说集、随笔散文集、评论集等个人著作100余部，是韩国中生代诗人、评论家代表之一。获得过芝薰文学奖、基督教文学奖、片云文学奖、唯心文学奖等奖项。

久痛则美

——在杜甫草堂前

四月的风在这里也很轻柔

荷塘里铺满了荷叶,岸边丛立着奇岩怪石

扮好的庭园不过是后世人的偏好

我立在竹荫下擦拭汗水

桥头矮矮的一间草庐

有个书房,有个堂屋

杜甫怎么可能有个这么好的房子

父母兄弟早早失散

看不下妻儿受苦

离家的杜甫

用干瘪的铜脸看着我

似乎说着还不够凄凉

君可曾五日空腹

君可曾饿死家女

肺病、中风、疟疾、糖尿病

甚至还聋了一只耳朵

拾栗削麻养活的家人
藏身于一叶乌篷便是个家
杜甫
采药为生时也忘不了诗
洞庭湖边、岳阳楼上
久痛而美的你
荣光总是随着苦难而来
吾辈也应多尝苦痛

盖房子

空荡的田野上

搬运来石头

再搬来几块

编织已久的梦

无处可归的时候

做作的干咳

给血肉般的林木

传递起体温

踏上木板

世界的另一端能成为我的吗

天空的留白会与我比肩吗

无限加重的

同时代人的工作服

我弹起的墨线

又会延伸到谁的手头……

从地面叠起一块块石头

便是你我休憩的地方

落下窗便能看见充满爱的早晨

在这个不起眼的家园

赋予我独特的意义

可早晚

一切都要坍塌

我和我们都会被湮灭的

险恶人间

在空荡的田野上

重立梁柱

远远地看上一眼

可能是个脆弱逼仄的小屋

但那混着血汗的水泥

仍记忆着

又一次的阵痛

命

每当烦恼的夜便能看见你

你说过,头上有无数繁星
但你却无法占卜每一颗星星的命数
那星星是木星或是金星
希望抑或永恒
出生的瞬间便向死而生的我们
吃着七情六欲的饭活下去的我们
便是一片枯叶,也无法扶正

同样的繁星
你逝去的爷爷望过
今天的你哭着数过
你死了还有孙子看着
总有人活着相遇撒下种子
死去托生为新的生命
活过一天,逝去一天

每个季节都有星座变化

看不见的风,推动着看得见的一切

每当星座变换,我总想呐喊

我爱你,为爱你而活

我爱你,为多爱你一天而活

若连一片枯叶也无法热爱

那我们的生命不过一捧飞灰

每当烦恼的夜,你便会知道

你不欠我什么

你借我而生
不欠我什么

我给刚一岁的娃娃洗澡
在红色塑料盆里接好水
给因为过敏性皮炎
没一块好皮的
孩子洗澡

游戏般地弹了下小鸟
这个借我而生的家伙
痒得咯咯笑
十代以前的爷爷的儿时笑声
也应是如此的吧

与我同姓的未知男人
曾在一个女人身体里筑起长路
造起了容身之所

从那女人身体里的长路闯出来的
这个家伙笑得正欢

七情之血总是代代相传
无数找不到坟头的
爷爷奶奶的身体
正在你的身体里
这个刚一岁的白嫩身体里

你虽是借我来到了这世上
但你一丁点都不欠我的

致女儿

总有些时候

委屈到无话可说

等到夜里

深夜

关了所有的灯闭上眼睛

一呼一吸的你便是一个生命

与这个宇宙共生的生命

那就够了我的宝贝

总有些时候

走累了想要停下

等到夜里

深夜

到森林城闭上眼睛

听得见虫鸣声你便是一个造物

活着便是一件伟大的奇迹

那就够了我的最爱

总有一天

你会老得行动都困难

等到夜里

深夜

站在窗边看看天

看得见星星你便是个有限者

便能成就无限梦想

那就够了我的分身

黄昏的临终

三天三夜一言不发

断水断粮

放松神经缓缓闭目

时间顽强地拒绝

与世间隔绝的瞬间像黄昏般庄严

七十六年的人生

不长不短

你熬过的不眠夜是那样地多

生命曲线

便这样急速落下

若让我选择死期

我也想要一个日落的黄昏

在天空充满了血的时刻

倦鸟也应归途

在彼岸的田野上

牧童将羊群带回圈舍

太阳染作血色

向世间传来死亡的信息

作为人类的最后一息

呼出得如此正直

一个谦恭到极致的瞬间

因果律

我的身体在你的身体里

散发着香气

跪下身才能诞出的生命

当我来到世上喊出第一声

许多女人成为母亲

许多男人成为父亲

肉总要腐朽

血总要干枯

人生虽不是倒数

自然中的一切却都是限时法则

所以我那时将我的身体

分给了你

分给了你

交 感

在我睡着的一夜之间
有多少星星新生在天空里
数不着的我，是多么空虚的灵魂

在我劳动的一日之间
有多少星星消失在宇宙里
数不着的我，是多么无力的肉体

看得见的星与看不见的星在交谈
你的身体不过是一缕清风
微风、暖风和台风，都不过是风

人间生命总是有限
都能感受四季的风
也都在风中一同摇摆

在冬季的城市

我想挨个拥抱
无数扔下我的人
我想投身而向
竖起利刃的人间
请允许我拥有永恒的体温
只因我寄身薄棺
便不能与诸位相遇

家、门和路

——成人礼

世间所有的路

都是通向家的路

无论多么危险的旅途

即便路上充满了雾中的险坡和

杳无人烟的荆棘地

家总在路的尽头

指引我的门已打开

无论是什么样的陌生危险

也没有让我哭泣

母亲

亲手打开痛苦的门

把我带到这世上

在这母亲沉睡的夜里

我自己开门

看向这条路

我开始隐隐明白

这世上所有的路

都从自己的家开始

只要我没离开
路便不是路
就算是路,也是别人的路
若有一天客死他乡
死在一条陌生的路上
也要走完自己这条路
因为今天,是我自己打开了门
从今天起,这世间所有的路
终于都成为路

与画家蒙克一起

哪,从哪里传来哭,哭声
受,受,受不住的我,我
那哭声让我想吐,吐
要,要断,不,不断地
传,传过来
伸,伸着双手就像站,站在靶子上的
那种不,不安的样子
呜呜,那羞耻的
样,样子吓,吓坏我了
想,想跑

同,同化,啊不,童,童话的世界里
那家伙的那个哭,哭声
世,世纪末的背后没,没完没了的杀戮剧
脚,脚像灌了铅
让,让我自首?凭啥

鸡,鸡皮起了一身,空荡,荡的城市

不对，笑，笑声终于

终于疯，疯了也不一定

呜呜，木乃伊，空荡，荡的世界

我不，不，不承认。

罗杰·罗宾逊诗选

Roger Robinson

[英国] 罗杰·罗宾逊

余 烈 译

【诗人简介】

罗杰·罗宾逊（Roger Robinson），英国诗人、音乐家。1967年出生于伦敦，少年时代在特立尼达和多巴哥度过。他曾被英国艺术协会奖拔"亚洲、非洲和加勒比背景"的戴西贝尔奖评选为"影响了英国黑人文学准则"的50位作家之一。他是"演讲实验室"和国际写作组织"玛莉卡诗歌工作坊"的联合创始人，同时还是"迈达斯国王之声"乐队的主唱。该小辑诗歌译自他2019年出版的诗集《便携天堂》，不似以往作品集中于加勒比海记忆，诗人把目光聚焦在英国，抨击种族主义、暴力，反思格兰菲尔塔公寓大火、"疾风号"丑闻等，同时展现充满个人记忆的美好时光。诗人找到了一种超越单纯义愤的方式，去揭示经验下暗含的内容，让读者更接近事件的人性现实。该诗集于2020年1月荣获了艾略特奖，又于5月荣获了英国皇家文学学会翁达杰奖。

肖像博物馆 [1]

翌日清晨,街上到处都是失踪者的
肖像——有着浓密大胡子的兄弟

橄榄肤色、满面皱纹的祖母
用红丝带扎着马尾辫的女儿,微笑着——

被粘贴在树干、墙面、栏板上
霓虹血色的"失踪"字样飘浮在他们头顶

驻目凝神片刻,我们就明白
照片上有许多已是死者的面孔

有些人看上去正说着"再见"
在家庭聚会上拍下照片的那一刻

不眠不休,一些人努力让海报

---

1. 本诗为纪念 2017 年 6 月 14 日伦敦格兰菲尔塔公寓大火遇难者而作。

平展,阻止透明胶带的粘连

这些希望之轻薄纸面孔,为生者而在
那些没被粘牢的正消逝在风中。

许多贴海报的人拒绝这悲恸的第一日
随时光渐逝,风吹走了它们中的大多数

疾风号[1]

从一道木板栈桥上
他们走下船来

裤子上满是褶皱装般的褶印
每只手提箱里都装着活蜥蜴。

最终他们会收好
有蕉叶截图纹样的领结

并沉迷于海水一样的烈酒
流连在黑烟缭绕的酒吧。

周末,他们会用护照玩宾果游戏
在麦加舞厅,随着贝斯声线飘浮在夜里。

---

1. 疾风号,即"帝国疾风号"(Windrush),二战后英国为解决劳工短缺问题,从加勒比海地区引进移民时用的舰船。这些移民及其后代被称为疾风世代。2018年,英国政府曾声称要驱逐这批"非法"移民,因而引发了政治丑闻。

他们吃着泥土色煎饺和腌制的
鲨鱼肉，戴的帽子帽檐锋利切得出型来

钉着两便士硬币纽扣，他们的双排扣
夹克口袋里是方方正正的投注单。

但是他们墙上的三只木鸟[1]
仍然以极度缓慢的动作飞回家乡

因为哪里都不是想象中的应许之地
但不知为何他们离开的那个多多少少是。

---

1. 指的是墙纸上的野鸭图案，20世纪50年代流行于英国的一种室内装饰风格。

你的愈益暗红的血

如今你的双肩已然宽展

你的胸肌中缝

更加明显,

某些时候,你会被警察截住

即使没有正当理由。

他们会问些多余的问题。

他们会说些试图

侮辱你的话。他们会寻找

一些反应或借口,好给你制造一些伤害。他们的眼睛

会出卖他们的意图,而你将会感到

一股强有力的愤怒,这会让你

咬紧牙关,太阳穴的青筋

暴出,因为你知道

出自你年轻力量的一记拳头

就能将他们放倒在地仿佛熟睡的

婴儿,让他们在镜中追踪淤肿伤痕

数周之久。这是个陷阱,

年轻人。别上当。

不要去成为一则新讣告的墨迹。

想想你母亲的愁眉苦脸

想想你将留给族人的

那道豁口，他们将悲悼你

犹如舌头悲悼一颗丢失的牙。

抹去你眼中的鄙视。

显示尊重，并且合作，不管

你感受如何。学习法律并让他们知道

你了解法律。要像可能受过教育

那样说话，这样你才会被视为可以沟通。

他们热衷于流血；

那让他们感觉自己强大，像个神。

他们会谈论，你的血是多么暗红

看起来像是在局子里待了几年。他们会嘲笑

它多么黏稠，嘲笑你如何晕倒在地，乞求

帮助。要明白，让自己活着

是比种族歧视和轻侮更大的事。活着

年轻人，活下去。

黑橄榄

我被引荐给一名白人女性,在一个文学聚会上。我被介
绍为
一名作家,她被推荐给我,作为一名主管,来自一家
文学公司。她挑中一枚黑橄榄并说,黑色的橄榄
比其他任何橄榄都要好,不是吗?我爱吃黑橄榄。然后
把它扔进了
嘴里。突然之间,我进入了她的嘴巴,弹来弹去
在她柔软舌头的蹦床上。我缩成一颗橄榄的大小
在唾液的波浪上漂浮,从牙齿的顶部掠过,接着
被夹在了脸颊之后。尚未搞清我的方位,从她破裂的臼
齿背后
传来一声"嗨"。他像我一样黑,他说,不要
告诉我你是个作家,小说家?不,诗人,我回答。黑橄
榄的台词?我
缓缓点头。一波唾液差点让我们站立不稳
另一个比我们俩肤色更深的家伙滑了下来
屁股着地。他站起身。我们都说"嗨"。

警　示 [1]

当警察用膝盖
抵住你的喉咙,你可能没法活着
呼告你的窒息

---

1. 这首诗纪念的是20岁的黑人拉尚·查尔斯(Rashan Charles),他于2017年在伦敦东部被警察追捕、控制而后死亡,其遭遇与2020年初美国的乔治·弗洛伊德如出一辙。

公民二

你们烧了我的房子,
怎么我还在求你们给我住处?
你们甚至都没有假装好人,像其他
凶手那样。你们总是狠狠地扫视,咆哮着
总说着直截了当的行话,除此之外什么都没有。
你们闻不到我身上的灰烬气味吗?
我身上有火化的恶臭。
我无法摆脱,也无法习惯。
对你来说,一切正好。
闻着像是粉色织物柔顺剂
和芦荟香波。
啊,但在你的沉默中,透过你的眼睛
看穿你的心思;看看它们是怎样眨动,
用摩斯密码的方式,点,点,点,
点,点,点,意思是我——不——在——乎。
有一个手续,有人说。
什么手续?
拿个号码,然后坐下,

数字 5 出现

在红色霓虹数码指示牌上,

我的票号是 25000。

当我去问讯处

要求通话的时候,

他们隔着防弹玻璃大喊

可怜的!!!然后停顿 5 秒

再喊:黑人!!!

所以我走回旅社

在一张餐巾纸的背面

用奇怪的方程式规划我的下一步:

爱,爱+爱+闪电=叫喊。

我静坐几小时看着这台黑白

电视,晾衣架的电线被当作天线,

它看起来像通电的烟雾。

我走向火炉,划一根火柴

点燃我的手指,火焰

烧着我的指尖,心平气和,

我把枯萎的火柴放到柜台上，
又划了一根火柴，打开煤气，
我蹲下来，目光穿透这团火
那呼啸的蓝色火焰。
我点燃一根蜡烛，说出一句祈祷：
啊，你们掌管王国
权力，还有地狱般的一切。
我把双手覆在火焰之上，
用拇指和食指将它掐灭，
烟气从我颤抖的手中升起。

曾祖母肖像，俨然席里柯[1]好妒的疯女人摹本

你的嘴：一个紧张的微笑，或是一个虚弱的鬼脸。

眼睛：红眼眶里盛着疯狂。

终日暗淡，穿着你的铁锈色日装，一件外套

如同苔藓的阴影，一顶镶边软帽框定你的瘦脸，

你的发际线撤退，现在已彻底银白，

眉毛亦同，左边的高于右边。

一个反对意见在你火热的头脑中闪过。

毫无疑问你厌倦了继续坐着。

在你身后是一片晦暗，漆黑的晦暗——

这大概出自艺术家突发奇想的尝试。

但你还是很高兴有艺术家做伴的每一天；

如今在这疯人院里，没人来探望你。

没有你爱上的那个委内瑞拉木匠，

没有你的孩子，也绝没有你的父亲。

---

1. 席里柯，指西奥多·席里柯（Theodore Gericault, 1791—1824），法国浪漫主义画家，他曾于1822年左右创作了一组十幅精神病患者的系列肖像画送给研究精神病的医生朋友。他描摹的患者中其病由包括好妒、偷窃成瘾、嗜赌、战争恐惧等。

作为多个可可庄园的令人尊敬的所有者，
他想让这该死的混乱整个消失——
一名体面的白种女人和一个棕肤色的委内瑞拉穷男人
在月光下的可可地里追逐奔跑。
你的疯癫几乎让他松了一口气。这是
唯一能让他的名字恢复秩序感的方法，
尽管他担心你头脑中的故障会出现
在未来后代，出现在古怪的侄子和几个外甥身上，
他们会像熔断的保险丝一样，开始指控每个人
都想偷他们的东西并停止打扫
房间和清洁自己。但故障大概也在早于你在世的那个女人
身上，那个宁愿失去他们也不原谅的女人，
就像你绝不原谅那个委内瑞拉木匠
或周遭任何一个让你溃烂在这间黑暗疯人院里的人。

格蕾丝

那一年,我们对着屏幕上的绿色信号手舞足蹈。
我的儿子提前来到世上,仅仅一公斤,
只看到一个大脑袋,凸出的双眼和蓝色的血管。

在病房里我认识了格蕾丝。一个牙买加主任护士
轮班时唱着流行歌曲,仿佛那是赞美诗。
"你儿子很活跃。你瞧,他刚刚扯下呼吸面罩。"

在这些充满消毒水气味的过道里,她被人们低声谈论。
就连医生也对她让步,当谈到
往我儿子尼龙线般的血管里放根管子的问题时。

她会警告那些双手颤抖的年轻医生:"我只允许你试两
   次。"
值夜班的时候,她把我儿子的恒温箱拉进自己的房间,
不管电线和机器如何混乱纠缠。

当会诊医生早上查完房后告诉我和妻子,他不确定我儿

子是否能活下来,如果能,也许终生不能摆脱医院,
她飞快地把我们拉到一边:"他没权力这么说
——只是个生手。"

另一名会诊医生让护士们停止喂养一个即将死去的孩子,
她则命令自己的忠诚部下继续给食。"没有哪个孩子必须
饥肠辘辘地死去。"而后她会坐在黑暗中,摇晃那个喂
 饱了的孩子,

让他贴近自己的乳房,慢慢哼唱着法瑞尔的《快乐》[1]旋
 律。
我想,如果出于某种原因,我不在此而我儿子的生命摇
 曳不定,
那么格蕾丝,她会是在场的那个人。

---

1. 指美国黑人歌手法瑞尔·威廉姆斯(Pharrell Williams)的代表作《快乐》,该曲是电影《神偷奶爸》的主题曲。

论护士

　　无疑，这是一种召唤更甚于一份工作。危及生命的蹊跷受伤刺破夜班的消沉郁闷，对洞开的伤口施压止血。护士鞋在走廊里踢踏作响，病人们饱受折磨或死亡的想法跟着他们一起回家。无疑，他们知道生活是随机的，死亡会怎样悄悄降临到无辜者身上。但他们也知道，自己的本能有时也可以将灵魂从死亡的边缘拉回到肉体之中。如同灵魂的助产士。在那一刻，他们是否将训练的内容抛之脑后，是否会想，如果我这么做了，病人也许能活？本能可以训练吗？我不确定。他们目睹了一切：出生，死亡，呕吐，流血，休克，病变，忐忑，疼痛，笑容。我看见他们为下一次轮班熨烫制服，用肥皂清洗双手以至手掌脱皮。

便携天堂

如果我说起天堂

那就会是在说我奶奶

是她告诉我要将天堂永远

随身携带,藏好,这样

就没别人会知道,除了我自己。

那样他们就偷不走它,她会说。

而如果生活置你于压力之下

沿着天堂的山脊走走,在你的口袋里

闻闻天堂的松香,在你的手帕上

哼哼天堂圣咏,用嘤嘤低声

而如果压力成为持续的日常

给自己找个空房间——无论是酒店

青旅宿舍或杂物间——找到一盏灯

然后把你的天堂倾倒在桌面上:

你的白沙,绿岭,还有新鲜的鱼。

用灯照亮它,让它像清晨

新鲜的希望,就这么盯着它,直到你入睡。

马丁·索罗特鲁克诗选

Martin Solotruk

[斯洛伐克] 马丁·索罗特鲁克

火 尹 唐艺梦 译

【诗人简介】

马丁·索罗特鲁克（Martin Solotruk），斯洛伐克诗人、翻译家。1970年出生于布拉迪斯拉发，在包括加利福尼亚阿祖萨太平洋大学、英国华威大学等多所大学进行了从物理学到艺术史和翻译研究的专业学习之后，他从布拉迪斯拉发夸美纽斯大学博士毕业，专业是英美研究和斯洛伐克文学，夸美纽斯大学也是他目前任教的大学。自1997年出版诗集《沉默的战争》并获得斯洛伐克文学基金最佳处女作奖以来，他出版有诗集《研磨》《引力的浮游生物》《爱情故事：动因与受事人》等。他的诗歌被收录于德国、爱尔兰、大不列颠、美国的多种诗歌选本，其中包括《微妙的界限：东中欧新诗歌选》。索罗特鲁克应邀参加了在世界众多城市举办的各种诗歌节和活动。他主要的诗歌翻译对象包括塞缪尔·贝克特、谢默斯·希尼、查尔斯·希密克、约翰·阿什伯利、特德·休斯和戴维·安廷。

尾骨对尾骨

尾骨对尾骨,
我们与天气的易变
战斗。

仿佛你团成球的身体
是我脊骨中
全程瘙痒变化的
那个点——我们躺着
背靠背,蜷缩
进我们的自我概念中,
我们的手像小爪子,
孩子气地搭在脸上,
尽管如此我们相连
像连体双胞胎,
交流电的两个相位。

起初你是一个我是另一个,
然后情况反过来,

不可能地快,

像这个又像那个,

于是我们成为一个……

不可能地快像这个又像那个,

于是我们成为一个……

我们缠绕,

确切地说,

是虚拟的光之光子

基因链,它

排除其他东西

将我们的脸保持作希腊青年,

甚至鼓励

我们壮阔地沉思

黄金分割率的

腰际互补性

和纳米空间的

光合作用,

有些我们此刻

就能感觉到

在这毛毯之下的

宇宙黑暗中，

当我们听到那些

听起来像是混录

进太阳起源

活动图景的声音。

皱眉在半衰期

你说我总在皱眉,
但在我看来
我只不过是在我看到的
每件事物中跑来跑去。

我逃离它,
像一个空中的奔跑者
在正聚拢而来的云面前。

我很想
说服你,
我没在皱眉
——显然没皱,在做爱时。
这开始让我坐立不安。

我皱眉因为没法
摆脱这种感觉:

有时我们流动得太快了，
以至我们所获除一个秘密的
自我广告外均告落空。

仅在比我们的大脑能想象到的
更小的每一时间
片段中可见。

我们奔流得太快了，
我们能感到自己的半衰期。
我们想要的全部就是集中注意力
和保持注意力集中。
做爱，听着洗衣机转，
听它没完没了的节目单，
最简单事物的
生命力节奏
有时来敲我们的脑袋，
"有了！"

——皱眉头的偶像破坏

反对太阳皱眉,

原子夫妻的突起,

核家庭的突起,

平凡现实之强健的

巨大壮硕的"不"。

皱眉刮起的微风

是自由离子的呼吸。

那就是正在创造出

这些突起的结构程序,

一具黑暗躯体的突起物,

那躯体如此一心一意地清除怀疑之污垢,

用最终耗尽的呼吸之轻盈

和一声琐碎的抱怨:

该拿这些有最低内爆风险的

自由基怎么办呢?

我在剥离
我的皱眉。
能渗水的皮肤的皱眉。

我正在
从旧我走进新我。
正是自皱眉中我升起。
其下是一片明朗的皱眉
使我心荡神移，
正是这使我更其精微。

我皱眉仿佛身在一柱尘土中，
（你是对此再清楚不过的人）
我们永远也不能彻底驱散它。

我没有留在它里面，我只是在这里，
有时候胆怯，但会
不息不止地

着陆在你眼中
或在你身后，
我在这儿着陆

并且陪在你身边。

现在告诉我，我还在皱眉吗？

在爱情游戏的野蛮两极之外

在爱情游戏的野蛮两极之外住着一头小狼，

自然能量发生器

带我们去往商店

从人类共存抽象

图样中选取

一款甜美乐高小屋来适应

我们人人，每一自各自视角而来的，

自纷乱的思想问题

之不同关联而来的

将如漏斗

插入反作用力矩，

适时宜居，

从穿过一块温暖扭曲毛毯的

回旋楼梯

到一次被三只手

重复画下的

一幅画，过度涂抹

图画分解

三个动作，各不相干，

但充满希望的整合

运动，抵达同一个高潮

虽然不过是一只蝴蝶、一位泰坦、

一个塞壬的自我

之复调歌曲。

与自然一道且为共同繁荣，

你选择了一只烘焙罐。

你带上它和胶，

装在一种透明的、

有点儿外星范儿的包装材料里——

我的儿子，那从生命到生命

一直引领我的人，已在他的指间抻开它

置其于一部关于一幅幅可拉伸的图画

之宇宙黏着力的影片

那多样性诸框架的开端，

在指间，

那里长时间可感知到的某物

逗留不去,在重新接通

我们为了彼此的原因

而发射的

抽象纤维

之星系交互作用中,

而我们人人天真无辜。

我既爱他也爱你。

但解释将

可能永远只是努力

协调一致:

我们继续玩,

我们关灯三次:

他和我,我们俩,他和你。

一个声音触到

黑暗中的一人,

贝克特曾说，

我们理解他，

在一种两个交叠的窗口之间的

心灵框架里，

两只电触角

伤口聚成团

思考有海量，

伴着双重

公民身份，

为不同的说法

带上两个上足发条的闹钟。

你暴露了紧张

——耶稣·蜘蛛侠，

你经由织和粘

行拯救

可你自己在飞，

从你自身节奏的

巨大摆荡中

你造出深渊，

但有时你成功

发送并同步反应

返回可靠位置的

安全振幅，

它不会变麻木，

而是会唤起新的行动，

美丽的，身心

整体的，

这是唯一能让你反弹的东西，

在真空中，

在凌乱粒子间的

失重里，

在电磁极之间的

忙碌生活中反弹。

哪种内分泌物

应当是外界的

键合物质?

哪阵强风

携

美丽的蓝色行星

浮荡

在伸手可及处?

仍躺在床上

随单一意念你进入

空气的仿古系统——

你将收音机音量调到某种程度不然

在你的脑中你无法放松。

在现场直播中

我们一道用一只拖鞋

在一个老旧的惰性

自动模块中移动,

直到维和人员前来

带着一些仍在明显

振动的旋拧状的

冷东西

在一个共享之冰激凌的

圆锥筒里，

这是他们将要给予我们的，

所以我们可能了知

我们会感到多么大不相同的冷。

这就是太感人的激情收缩

水平飞行,

我处在完全的运动中,

在最始料不及的地方。

冷不丁的一阵

酷毙的磁力。

"要是我离开墙

脑袋着凉了怎么办?"

完全地被罕见的

"找到了"的情绪攫住,

野蛮人,关于繁茂的

感人影片,

除了同心的,

别的难以投射。

这是因为我们还没

被放在颇为适当的位置上?

因为我们仍感到

有什么东西静悄悄地

打墙里出来?

可感知到的那东西

只拥有大脑

最古老的部分,

当我们进入这里,

数千步之前,

我们每人都不一样地安放了一个半步。

我们曾确切地像那东西,

被大脑最古老的

部分定义——

你被你的定义,我被我的。

现在我们在一盏灯的

一侧半球下

阅读。

你的有时

在你的脑门正上方,

我的在耳畔。

我们在一盏灯下阅读——

我在我的,你在你的。

一盏灯下,

但我们的手指

有时游走——

我的进入你的,你的进入我的。

我们仍想要触摸,

——为使一根手指停下一根手指。

所以它们会一起神魂颠倒。

我们在此，

但我们手指的微量

化学物质尚不在此。

我思索着爱抚墙壁

和触碰墙壁

间的关系，

思索着是什么经由你的

触碰进入了我，

我是否因之着凉了。

由衷地透心凉。

脑袋能

穿透它坚硬的墙吗？

同时不着凉?

激情能从身体里升起吗?
即便没有苦涩的白色泪水,
有时它的重要性超过爱抚?

趁我的脑袋正冷凉下来,
我能至少对你眨眨眼吗?

所以?激情能从身体里升起吗?

根之间不大可能的平衡

等待一点池中空

以便泳游其间,创造了

在推拉时光中的时间流逝

我们愉快地植根于为了保持根之间的平衡

　　而试图躲开的时间流逝

我们一直以来通过沉郁唱诗班的声调

想要等来的浸礼其中

提供给我们下到未知

之国土那不大可能的深处

之荫蔽

葛拉娜兹·穆萨维诗选

Granaz Moussavi

［伊朗］葛拉娜兹·穆萨维

穆宏燕 译

【诗人简介】

葛拉娜兹·穆萨维（Granaz Moussavi），伊朗诗人，文学博士。1974年出生于德黑兰，现移居澳大利亚。1999年出版第一部诗集《在夜晚写生》，2000年出版诗集《赤脚到黎明》，赢得良好反响，于2001年获得伊朗非官方最高诗歌奖卡尔纳梅奖；2003年出版诗集《被禁止的女人之歌》（该小辑诗作均译自这本诗集），奠定了她在伊朗诗坛的地位，该诗集被翻译成多国文字，在德国、意大利、英国、美国、澳大利亚、伊拉克、阿富汗等国出版，为她赢得了颇多国际声誉。之后，穆萨维转向电影制作，在伊朗电影界和欧洲电影界有一定名声。她此后出版的诗集有《红色记忆》(2012)、《女人不被允许唱歌》(2012)、《不，你在我皮肤上的吻无法追踪》(2014)、《乌鸦和涂鸦》(2020)。穆萨维在欧美多个国家做过巡回诗歌朗诵或讲座、访谈，参加国际诗歌节。

阐　释

我即便在你双眸植入蜂蜜

我依然会充满咖啡的苦涩

在你我之间，所谓故事

那从头经历过的，只是我

一个奇怪的女人在你的梦中被阐释

墙　根

请你放开我逃窜的双手
我迷失在密密麻麻只有去没有来的小巷中
我坦白：
我把我没有护照的根系交付给伪造的土地
我用破碎的花瓶做的
我把记忆筑成雨之墙
解脱！……

我逃离出墙的胸腔
在另一个墙根
我输掉了我们所有的底片
我成了反面
我也不再回返

滞　留

我是那样遥远地凝视着你

通过手

通过距离

通过皮肤

直到木头腿与嫩芽发生关系

直到从斧削过的脚印长出胡椒词语

直到我们

从语言的炼狱

　　　　　　辛辣

从喉咙的红苹果

　　　　　　尖锐

经过

故　事

你每一次看我

我的细胞就会彼此拥抱

我的胸膜下方就发烧

挣扎

爱恋上死神

银河把我身体的遗产

　　　　　在充满魔鬼的天空

　　　　　　　　　　播撒

请看着我！

这个奇遇之乌鸦

永远不会抵达它的巢

疯人院

我不是疯子

只是伴随你的不在而喋喋不休

当你不回答的时候我就生气

用手抓扯我的头发

而你一撒娇

我就拥抱空气

我就成为一丝气体

我想起来,空气对于我一无用处

我会忘记呼吸

我不是疯子

只是每天与我自己撕扯我的胸叉骨[1]

我胡说八道的心十分难受

      我捶胸顿足

我抛掷馕饼让它成为乌鸦

我还记得我　却忘记了你

---

1. 伊朗民间迷信说法,若两人同时撕扯鸟类的胸叉骨,扯到长的一根的人会有好运。

这里不是疯人院

是地狱

使我喋喋不休地撒谎说你在这里

还让真主持续不断地把我扔进烈火

我不是疯子

在我脑袋后一只乌鸦就有四十只不存在的乌鸦

诗　人

请你双手紧握我的幼年时光

我的日历其历史一片空白却事件满满

请把我的个体细胞从你的衬衣上抖落

我想在你坐着的沙发上

在花朵斑斓的地毯上

在使天空远离的窗帘上

在不会被给予签证的你的身体上

　　　　　从人们喋喋不休谈论的我的避难

被公开出版

我不会去取得许可，手牵着手

我要围绕着你的广场绕转

在暗处我摊开在你的瞬间

请你不间断地从头到脚阅读我

在我普通寻常的话下面画线

浏览我

把我读完

嗨，我会再次被出版

避 难

下一次的稳定

我的不安

在我逃掉受伤之前

你的焦躁不断让我的签证失效

让我在你的双手中避难

我全权委托直到你的双眸做证：

我的生命因你的生命而处在危险中！

偷　渡

你的双眼是周五的傍晚和唤礼的钟声

平静的死海的地平线在我们之间

你的皮肤，那是渡口的堤坝

一个警察时不时地站立那里

盘查询问以便可以确信放心

所有一切必须从我手中交出的东西

　　　　　　　　　　我都交出了

但是，对你的双手我什么也不会说

从伪造了我的睡梦的那些线条

直到某人在我身体的村庄中被打伤

事先不言语，装聋作哑

趁夜从你生命的边境经过

关　系

请看，墙壁是多么沉重地落在面纱上
落在不完整的梦境中
落在记忆被割断的脊髓中
时间在我们的命运上反复练习事故

在这小巷的尽头，地震的可能
　　　　　　　把每一个姑娘变成女人
我们依然彼此问候
当我的名字不再是我的名字
而你在风儿无法记住的双手中
把另一个人用小名若干次呼喊
在白天
在半夜

黑头顶

在我的梦中

我罩上你的怀抱,在小巷中溜达

在你的清醒中

黑头顶

在行走

到 达

在我到达办公室

到达学校

到达商店

到达一个什么都不是的地方

到达没有号牌的房子之前

千百次尖叫着我会迷路

你不认得这里

大街小巷是男孩子们的地方

我们的地方就是在疲惫之利益中的一个继续

把小巷送到尽头

送到傍晚边缘的乌鸦的那个地方

带着犹豫不决就像学校中的姑娘们

东张西望

长大成人

那里

自行车永远只属于男孩子

现在所有的那些四分[1]的男孩

都成了给他们的日子补轮胎的男人

现在所有的那些编好的辫子

在窗户的暗夜后面

在"你好""再见"的炉子旁边

等待着门铃响起

却没有人向她走来

---

1. 伊朗学制以二十分为满分,这里"四分"表示成绩非常糟糕。

星　光

樱桃

逃向深井

姑娘们

用头巾扎成小花朵

把没有吃完的苹果

在迷失的窗口

从阳台上抛下

成为点点星光，使得黑夜尖叫

太阳

在柜子里永远不会舞蹈

它冲我耳朵说

我再也不出来了

承 诺

出于对你下雨的信任

在大海深处

我建造房屋

红色理智

我凝望电缆的时候
我的双眼就会受伤
它说:我赤身裸体
 不要看我
你会变老
 别待在我身旁
你会爆炸
 不要拥抱我

我亲吻它
我的理智变成红色
我的鲜血滴落下一把利剑

愿 望

我想把你牢牢地写在海豹的骨头上
坐在照片的深处
不再说话

冬 天

恋爱的气息依然在我们的鳞片下

干涸的河流

从鱼儿流过

而大海

独自在回忆鱼儿们的角落

皮 肤

我在为你而行走
我的脚穿不进任何一只鞋
然而必须
必须让我拼命地行走
直到我能穿进你

哀 歌

——给我的母亲

我独自行走在角落和路边

在每一棵树身旁我成为女人

我越是伸展个子

     却越是更加矮小

夜晚在我的身高中走到尽头

我会想起

那个不断击打着自己的阴影走路的女人

已经不会再有了

世间毫不相干的重重叠叠的鞋子

我希望永远形单影只地行走

头脑对身体不再有任何幻想

我已经荒芜

在与她的纽带上

    其台阶放不下一只烛台

所有一切都已结束离去

真主在窗户的窗纱后面

　　　　家徒四壁，如此而已！

我的叹息

一朵云的距离

在那边的窗户的喧哗中央

还有一些被永远延期的幻想

还有我如此荒芜的呼呼作响

全交给一个已经不存在的女人的荒芜……

　　　　　　不！我不会哭泣

死亡只是距离大地更近而已

想想吧

总是为了每一次偶然

　　　　我变得多么渺小